AF573267

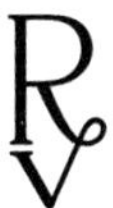

SHEILA HETI

REINE FARBE

ROMAN

Aus dem Englischen
von Thomas Überhoff

ROWOHLT

Die Originalausgabe erschien 2022 unter dem Titel
«Pure Colour» bei Farrar, Straus and Giroux, New York.

Deutsche Erstausgabe
Veröffentlicht im Rowohlt Verlag,
Hamburg, April 2023

Satz aus der Bembo Std
bei Pinkuin Satz und Datentechnik, Berlin
Druck und Bindung CPI books GmbH, Leck
ISBN 978-3-498-00247-3

REINE FARBE

EINS

Als Gott Himmel und Erde erschaffen hatte, trat er zurück, um die Schöpfung zu betrachten, wie ein Maler von der Staffelei.

Dies ist der Moment, in dem wir leben – der Moment, in dem Gott zurücktritt. Wer weiß, wie lange er schon dauert. Zweifellos seit Anbeginn der Zeiten. Aber wie lange ist das? Und wie lange wird der Moment noch anhalten?

Man sollte meinen, Gottes Innehalten beim Schritt zurück, bevor er wieder vortritt und sein Werk abschließt, wäre augenblicklich wieder vorbei – aber es scheint ewig zu dauern. Und wer weiß auch schon, wie lang- oder kurzlebig diese unsere Welt vom Fluchtpunkt der Ewigkeit aus erscheint?

Heute erwärmt sich die Erde im Vorgriff auf ihre Zerstörung durch Gott, der entschieden hat, dass die erste Version des Daseins zu fehlerhaft war.

Bereit, sich ein zweites Mal an der Schöpfung zu versuchen und sie diesmal besser hinzukriegen, erscheint Gott, teilt und manifestiert sich in Gestalt dreier Kunstkritiker am Himmel – ein großer Vogel, der von oben her urteilt, ein großer Fisch, der aus der Mitte heraus urteilt, und ein großer Bär, der urteilt, während er die Schöpfung in den Armen wiegt.

~

Aus dem Vogelei geborene Menschen interessieren sich für Schönheit, Ordnung, Harmonie und Sinn. Sie betrachten die Natur abstrahiert von oben und nähern sich der Welt aus der Distanz. Diese Menschen sind wie schwebende Vögel – flüchtig, fragil und kräftig.

Aus dem Fischlaich geborene Menschen entschlüpfen Gelschnüren, und in diesen Schnüren, die Hunderttausende Eier enthalten, kommt es nicht auf das einzelne Ei an, sondern auf die Verfassung der vielen. Fische kümmern sich nicht so sehr um ihre einzelnen Eier, sondern darum, dass alle zu den besten Bedingungen gelegt werden, dorthin, wo die Temperatur möglichst genau stimmt und die Strömung sanft ist, damit die Mehrheit überlebt. Für sie zählen die Konditionen des Kollektivs. Fischgeborene kümmern sich also zuvörderst um Fairness hier auf Erden: darum, dass die Menschheit die Temperatur für die vielen passend regelt. Fischen kommt es auf tausend Eier an, während die oder der Bärengeborene eine einzige Person so fest wie möglich in die Arme schließt.

Aus dem Bärenei Geborene gleichen Kindern, die ihre Lieblingspuppe umklammern. Bären kennen kein pragmatisches Denken, aufgrund dessen sie ihre Liebsten irgendeinem höheren Zweck opfern könnten. Sie befassen sich ausschließlich mit ihresgleichen. Sie erheben Anspruch auf ein paar Menschen, die sie lieben und beschützen, und treffen diese Wahl ganz unbekümmert; sie sind denen zugeneigt, die sie riechen und berühren können.

Aus diesen drei unterschiedlichen Eiern geborene Menschen werden einander nie richtig verstehen. Sie werden immer glauben, wer einem anderen Ei entschlüpft sei, setze ganz falsche Prioritäten. In Gottes Augen jedoch sind Vogel, Fisch und Bär alle gleich wichtig, und die Welt wäre nicht besser, wenn es nur Fische gäbe; sie wäre auch nicht besser, wenn es nur Bären gäbe. Gott will seine Schöpfung von allen dreien bewertet wissen. Doch hier auf Erden ist das schwer nachvollziehbar: Fische finden die Anliegen der Vögel oberflächlich, während Vögel auf das Urteil der Fische mit Ungeduld reagieren. Nichts gibt einem Menschen dringlicher das Gefühl, sein Lebenswerk – oder sein Wesen – werde zu wenig wahrgenommen, als wenn ihn jemand aus einem anderen Ei beurteilt.

Trotzdem sollten die Vögel dafür dankbar sein, dass jemand die Struktur beurteilt, damit sie es nicht müssen. Und die Fische dafür, dass jemand ästhetisch urteilt, damit sie sich auf das Strukturelle konzentrieren können.

~

Am stolzesten ist Gott auf die Schöpfung als ästhetisches Objekt. Man braucht sich nur die erlesene Harmonie von Himmel, Bäumen, Mond und Sternen anzuschauen, um zu erkennen, was für großartige Arbeit er in ästhetischer Hinsicht geleistet hat. Darüber freuen sich die aus einem Vogelei Geborenen am meisten. Die aus dem Fischlaich beunruhigt es am stärksten, und die aus dem Bärenei sind auch nicht allzu glücklich darüber.

Vielleicht sollte Gott die Schöpfung beim nächsten Mal nicht als Kunstwerk betrachten; dann wird er es auch mit Fairness und Intimität in unserem Leben besser hinbekommen. Aber ist das überhaupt möglich – ein Künstler, der sein Werk in eine Form bringt, die am Ende nicht doch künstlerisch ist?

~

Diese Geschichte hier handelt von einer vogelgleichen Frau namens Mira; sie ist hin- und hergerissen zwischen der Liebe zur rätselhaften Annie, die ihr wie ein distanzierter Fisch vorkommt, und der zu ihrem Vater, der wie ein warmherziger Bär auftritt.

~

Das Herz des Künstlers ist ein bisschen hohl. Die Knochen des Künstlers sind ein bisschen hohl. Das Hirn des Künstlers ist ein bisschen hohl. Doch das erlaubt es ihm zu fliegen. Wer nicht einem Vogelei entschlüpft ist, mag sich fragen, wieso ausgerechnet die Vögel – deren Gedanken nur um sie selbst kreisen – dazu geboren sind, der Welt ihre Metaphern, Bilder und Geschichten zu schenken. Warum sollte das den *Vögeln* überlassen sein?

Ein Vogel kann auf der Erde laufen lernen wie ein

Bär, und er kann sein ganzes Leben laufend verbringen – aber er wird so niemals glücklich werden. Während ein an Land geworfener Fisch sogleich verzweifelt nach Luft schnappt und zurück ins Meer zu kommen versucht.

~

Wie gern wäre Mira aus einem Bärenei geboren! Wie gern wäre sie Botschafterin einer sanften, dauerhaften Liebe hier unten auf Erden. Aber wann immer sie derlei Herzensangelegenheiten angeht, wünscht sie sie herbei, kämpft darum und kommt doch kaum voran. Jemanden richtig zu lieben – darin ist sie am wackligsten, ungereimtesten, wirrsten, und die Liebe ist stets an allem schuld.

Aber es sollte sie nicht grämen, aus einem Vogelei geboren zu sein, denn wie schön sind doch die Blumen an ihrem Fenster, dort auf dem Sims. Wie ihre Blüten und Blätter jeden Passanten zum Lächeln bringen, darüber, dass jemand das Schöne liebt und hegt. Ihre Blumen lassen uns an die Blumen in der Seele dessen denken, der sie dort hingestellt hat. Die Blumen in der Seele dessen, der sie dort hingestellt hat, machen uns glücklich und lassen uns das Herz aufgehen. Die Schönheit dieser Blumen ist ein Hinweis auf die Schönheit eines menschlichen Herzens. Sie lassen in dieses Herz blicken wie durch ein Schlüsselloch.

Auch die gute Tat eines Fisches, selbst noch so unbedeutsam, aber effektiv ausgeführt, gestattet einen Blick in ein menschliches Herz. Und ein Blick in ein Herz ist ein Blick in viele. Und die ganze Menschheit teilt die Hoffnungen des Bären. Und was ein Herz aufschließt, schließt viele auf.

Mira zog von zu Hause aus. Dann besorgte sie sich Arbeit in einem Lampengeschäft. Das verkaufte Tiffany- und andere Buntglaslampen. Jede einzelne kostete ein Vermögen. Die billigste vierhundert Dollar. Für Mira war das ein Monatslohn. Jeden Tag, bevor sie abends schlossen, musste sie die Lampen einzeln ausschalten. Das dauerte ungefähr elf Minuten. Meist zog sie dabei an mit Glasperlen geschmückten Kordeln. Sie musste aufpassen, dass die nicht zurückschnappten und die Birne oder Lampe trafen. Also zupfte sie ganz vorsichtig an den Kordelenden. Es war mühselig. Mira hatte keine Morgenschicht. Die Morgenschicht musste die Lampen anschalten. Deren Job war nicht besser als ihrer.

Auf der anderen Straßenseite lag noch ein Beleuchtungsgeschäft. Ihres war ein schlichter Lampenladen, das andere verkaufte auch diverses Zubehör sowie mit Ventilatoren bestückte Deckenlampen – sehr moderne Leuchten im Gegensatz zu ihrer altmodischen Ware. Die Leute bevorzugten das Geschäft gegenüber. Der Besitzer von Miras Laden hatte gerade noch genug Kunden, um sich über Wasser zu halten, weil die meisten Paare auf die andere Straßenseite gingen und ihr Geld für modernistische weiße Leuchten oder milchfarbene Plexiglaslampen ausgaben. Miras Kolleginnen sagten selbstmitleidig, diese Leute hätten keinen Geschmack. Zum Ladenschluss sah Mira den dünnen Mann, der gegenüber arbeitete, jede einzelne Lampe ausschalten. Beide verrichteten die gleiche abendliche Pflicht. Mira schien es, als verstünde kein Mensch auf der Welt sie, aber sie fragte sich, ob er es vielleicht tat. Und doch, peinlich berührt von ihrer Ähnlichkeit, vermied sie jeglichen Blickkontakt.

Sie fühlte sich so allein in diesen Tagen. Nicht dass es sie groß störte. Erst wenn du älter wirst, reden dir alle das Alleinsein schlecht oder lassen durchblicken, dass es irgendwie besser sei, mit jemandem zusammenzuleben, weil es beweise, dass du sympathisch bist.

Aber sie war nicht allein, weil sie unsympathisch wirkte. Sie war allein, damit sie sich beim Denken zuhören konnte. Sie war allein, damit sie sich beim Leben zuhören konnte.

Wie kam Mira zu ihrer Arbeit im Lampenladen? Sie musste daran vorbeigegangen sein und den kleinen Zettel gesehen haben. Wie fanden die Leute damals Arbeit, damals, bevor jeder wusste, was alle wollten? Durch kleine Papierzettel.

Und wie fand sie das Zimmer, in dem sie wohnte? Wahrscheinlich war irgendwo ein Zettel angeklebt oder im Café um die Ecke an die Korkwand gepinnt. Im ersten Stock des Hauses befanden sich zwei Zimmer und ein Bad, das sie sich teilten. Im Erdgeschoss war ein großes Apartment, bewohnt von einem blonden Schwulen, der eines Abends ganz blutig und zerschlagen nach Hause kam. Zufällig trafen sie sich auf der Treppe, und aufgebracht und erbost wandte er sich ab.

Auf Miras Etage lebte ein einsamer Mann, der etwa zehn Jahre älter war als sie und den sie nur zweimal zu Gesicht bekam. Er war schweigsam und schüchtern. Die Wanne in ihrem gemeinsamen Bad war schmutzig, deshalb badete sie nie und duschte auch selten. Weil der Mann sein Abendessen in der Küche zubereitete, kaufte sie sich eine Kochplatte für ihr Zimmer.

Ihr Zimmer ging auf eine Art zugige Veranda mit Wänden aus Holzlatten hinaus, in die auf allen drei Seiten leicht verzogene Fenster eingesetzt waren. Wenn schönes Wetter gewesen wäre, hätte man sich hübsch in diesem Raum aufhalten können. Aber Mira zog im Herbst ein, und im Vorfrühling war sie schon wieder weg. Alle Bücher, die sie besaß, standen auf einem Regal in diesem frostkalten Zimmerchen. Als die Zeit zum Auszug gekommen war, machte sie die Tür auf, um ihre Bücher einzusammeln, und stellte fest, dass sie in der feuchten, tiefen Winterkälte allesamt Schimmel angesetzt und sich gewellt hatten.

Mira fing eine Ausbildung an. Sie wurde in die Amerikanische Akademie für amerikanische Kritiker aufgenommen, in eine der internationalen Dependancen. Es war nicht leicht, da hineinzukommen. Alle, die Kritiker werden wollten, bewarben sich. Es gab nur ein paar Plätze pro Jahr, und wer akzeptiert wurde, hatte gleich etwas zum Angeben. Allein schon die Aufnahme warf ein gewisses Licht auf deine Persönlichkeit und deine geistige Verfassung. Sie bedeutete, dass du besser warst als der Rest.

In der Akademie gab es einen großen Raum, tetraederförmig überkuppelt, mit billigen Tischen, Plastikstühlen und hellen, rauchverfärbten Wänden. Dort hingen die Studierenden ab. An einer winzigen Durchreiche konnten sie Croissants und Kräutertee kaufen, und die Leute, die hinter der Wand arbeiteten, waren kaum je zu sehen.

In diesem großen Raum stellten sich die Studierenden auf die Tische und schwangen Reden. Unter lautem Gelächter machten sie ihre Ansagen, und es war der einzige Ort im ganzen Gebäude, wo sie nicht das Gefühl hatten, für ihre Professoren zu performen. Der einzige Ort, an dem sie sich frei fühlten. Sie barsten geradezu vor Selbstgefälligkeit! Ihnen war daran gelegen, ihre Erkenntnisfähigkeit zu schärfen. Sie wussten, dass sie einen Schreib- und Denkstil entwickeln mussten, der jahrhundertelang haltbar war und zugleich ihre eigene Generation auf prägnante Weise kenntlich machte. Deshalb waren sie an dieser Akademie – sie, die Auserwählten. Sie glaubten, die Zukunft werde sicher in der Form ruhen, die sie gegossen hatten. Es war wichtig zu wissen, wie man Dinge einschätzte – was man von der Welt hielt und wie man glaubte, dass sie sein *sollte.*

~

Sie rechneten nur nicht damit, dass sie eines Tages mit Telefonen herumlaufen würden, aus denen Leute mit weitaus mehr Charisma als sie einen endlosen Strom von Bildern und Worten fließen ließen. Sie hatten einfach keine Ahnung, dass die Welt so groß und der Wettbewerb so scharf werden würde.

Sie aßen Croissants und tranken Tisane. Sie rauchten Gras und gingen bekifft in den Unterricht. Sie hatten wenige Seminare, und was dort angeboten wurde, war wertlos und hinter der Zeit zurück.

Jeden Morgen mussten sie im Keller der Akademie Tai-Chi machen. Die Stunden wurden von einem schmalen, flotten Mittfünfziger geleitet. Die stillschweigende Annahme war, dass sie ebenso energiegeladen und leistungsfähig würden wie er, wenn sie ihr Leben lang jeden Morgen Tai-Chi machten. Alle gingen hin außer Matty, der nicht glaubte, dass man als Kritiker Tai-Chi zu können brauchte. Schon die pure Existenz dieser Kurse regte ihn auf. Er fand, sie sollten ausschlafen können. Bei der Einschreibung hatte man ihm nicht gesagt, dass jeden Morgen um acht Tai-Chi für Studierende obligatorisch war. Hätte er das gewusst, hätte er sich gar nicht erst beworben. Ob er seinen Körper bewegen wollte oder nicht, war seine Sache, das ging nur ihn etwas an. Seine Kommilitonen teilten zwar seine Meinung, gingen aber trotzdem zum Tai-Chi.

Mira war erst seit ein paar Tagen an der Akademie, als sie Matty vom See heraufkommen sah, wo er nackt gebadet hatte. Er sah sie und nickte ihr zu. Sie sah ihn, nickte zurück und schaute schnell beiseite. Er war groß, kräftig, sein Penis hing tief, sein Hodensack war rot, sein Körper überall behaart, das Haar fiel ihm übers Gesicht, seine Lippen waren aufgedunsen und die Augen gerötet vom Wasser, und er musterte sie träge, hob langsam die Hand zum Gruß, und Mira hoffte nur, dass sie ihm während ihrer Zeit dort nie wieder begegnen würde.

Ihr alter Prof Albert Wolff stand vor einer Leinwand, auf die ein Dia vom Gemälde eines Spargels projiziert wurde. Er machte eine große Show aus der Suche nach dem, was er nicht sah, während ihn die Studierenden im abgedunkelten Raum umstanden. Er erklärte, die Welt sei noch immer nicht über ihre Vorliebe für den nie aus der Mode geratenden Manet hinaus, aber schon bald werde jeder seine Ansicht teilen.

«Édouard Manet ist ein merkwürdiger Typ. Als Maler hat er ein Auge, aber kein Händchen. Die gute Fee, die seine Geburt begleitete, schenkte ihm zwar die vorrangigen Eigenschaften eines Künstlers, aber bald trat die böse Fee an seine Wiege und sagte: *Kind, aus dir wird niemals etwas werden. Kraft meiner Macht nehme ich dir die Eigenschaften, die am Ende den Künstler ausmachen.*»

Während Mira sich dort an die Wand lehnte, durchlief ein wunderbares Zittern ihre Brust, als hätte sich etwas Eintritt in sie verschafft und hauche nun sein Leben aus. Doch nur Augenblicke später überlief es sie heiß, und sie empfand Scham über die Diskrepanz zwischen dem, was Albert Wolff sagte, und dem, was das Bild sie empfinden ließ. Er sagte, das Bild weise zwar *einige* künstlerische Eigenschaften auf, jedoch fehle ihm etwas, nämlich das Wesentliche, der Funke, der verkünde: *Ich bin mehr, als ich zu sein scheine.*

«Das Bild hängt vor dem Betrachter, spiegelt aber nur die nichtssagende Eindeutigkeit dessen, der vor ihm steht. Weder vermag es aufzubauen noch sonst wie zu erheben. Vor diesem Bild zu stehen inspiriert mich nicht mehr dazu, mich für einen besseren Menschen zu halten, als stünde ich vor einer Backsteinwand. Ich denke: *Die Menschheit ist von Anfang an geschlagen, wir brauchen es also gar nicht erst zu versuchen.* Aber die Kunst soll uns doch das Gegenteil empfinden lassen – dass menschliche Bemühungen Flügel haben! Ein Gemälde sollte uns zu spirituellen Höhenflügen veranlassen, aber ein Bild wie dieses hat keine Schwingen, es gibt uns das Gefühl, so etwas wie Flügel existiere gar nicht. Dieser Spargel sitzt uns wie ein Stein auf der Seele und zieht unsere spirituellen Ambitionen ins Lächerliche. Aber Spiritualität ist nicht gleich Ambition. Spiritualität ist wie ein Lied, und das Lied in Manets Herzen ist das Geheul eines Nebelhorns. Wir sollten Mitleid haben mit diesem verzweifelt suchenden Kind von einem Maler, dem das Wesentliche fehlt und der das nicht einmal merkt. Dabei müsste er sich doch nur in irgendeinem Museum vor sein Bild stellen, nach rechts und links schauen, sehen, wie die Werke anderer Maler der Seele Schwingen verleihen, und sich dann wieder seinem eigenen Bild zuwenden – diffus, plump hingeschmiert, uninspiriert und mitnichten erhebend. Wie kann er das nicht erkennen? Ein Maler ohne Auge! Oder mit von der Hand getrenntem Auge! Warum wenden sich Menschen an die *Kunst*, außer damit sie ihnen hilft, ihr inneres Auge zu finden, das der gesamten Existenz Bedeutung verleiht – denn was anderes bedeutet Kunst, als Materie den Atem Gottes einzuhauchen? Der Künstler, der das nicht kann, malt bedeutungs- und leblose Formen. Warum die Kritiker gelacht haben, ist offenkundig, denn sie waren verblüfft, nicht zu sehen, was zu sehen sie ein Recht hatten! Jemand, der ausgeht, wirft sich in Schale, und auch die Kunst muss sich in Schale werfen. Aber Manets Bilder sind nackt und bloß – nicht nur hinsichtlich ihrer lächerlichen Motive, sondern auch im spirituellen Sinn.»

«Ein Künstler weiß doch, ob er ein Künstler ist, falls er aufrichtig zu sich ist», sagte Matty. «Hätte Manet da beim Malen nicht ein gewisses Unwohlsein beschleichen müssen – irgendeine Ahnung, dass ihm das Wesentliche fehlte?» Matty stand lässig da und rauchte; er war die große, leuchtende Hoffnung der Akademie.

Wolff nickte. «Ein großer Künstler ruht gelassen im bequemen Sessel seines Talents, als ruhte er in der warmen Hand Gottes. Aber Manets Talent kennt keine Gelassenheit, und er ist sich seines Strauchelns nicht bewusst. Er ist wie ein dreibeiniger Hund, der sich nicht für anders hält als einer, der auf vier Beinen läuft! Er nimmt das Publikum für seine Arbeit in Regress – es hat sich gefälligst bezaubert zu *fühlen*. Er verlangt ihm ab, sein Bild zu vervollständigen, weil er selbst faul und unfähig ist. Er muss zutiefst frustriert sein, während er arbeitet und sich Mühe gibt, das Unrettbare zu retten. Also pinselt er hektisch vor sich hin, denn er will gar nicht sehen, was er da erschaffen hat. Deshalb sind seine Bilder so hingeschludert. Er hat keinen seelischen Kompass, das verwirrt ihm den Blick. Man spürt den Neid in seinem Herzen, und doch weiß er nicht einmal, um was er andere Maler beneiden soll! Da er Schönheit nicht hinbekommt, verbirgt er sich hinter einer Hässlichkeit, die *er* Schönheit nennt, und seine Bilder wirken beschämend, deshalb beschämen ihn die Kritiker, denn wir schämen uns für ihn. Worauf er einfach weiter seine Bilder malt, die nichts zu bieten haben, sich umdreht und den Kritikern ihre ‹Untaten› vorwirft.»

Es gab so viele Arten, gehasst zu werden, und von so vielen Menschen. Anfangs ahnten wir nicht, wie sehr Leute uns hassen konnten, von denen wir arglos annahmen, sie mochten oder ignorierten uns. Doch es gab weitaus mehr Hass, als irgendeiner von uns zu verstehen in der Lage war. Der Hass schien dem tiefsten Grund unserer selbst zu entspringen. Jahre später brauchte man dann nur noch durch ein Schlüsselloch zu blicken, und da war sie, für jedermann zu sehen – eine unendlich mit Vitriol vollgesogene Welt. Es schien, als wären wir aus Wut gemacht.

Warum auch nicht? Das Glück war nicht für uns bestimmt. Die Liebe, die wir uns vorgestellt hatten, würde niemals uns gehören. Arbeit, die uns dauerhaft mit Herz und Geist beschäftigen würde – auch die war nicht für uns bestimmt. Niemals würden wir das erhoffte Geld verdienen. Nichts würde so sein, wie wir es uns erhofften, hier in der ersten Version des Daseins. Langsam kapierten es die Leute. Unsere Wut war wohlbegründet.

Zumindest hatte Gott denen von uns, die am Abgrund lebten, den Sonnenaufgang geschenkt. Zumindest hatte er uns ein bisschen Liebe geschenkt – wenn auch nicht genug, dass sie bis an unser Lebensende reichte. Hier in der ersten Version des Daseins erschufen wir uns unsere eigenen zweiten Versionen – Geschichten, Bücher, Filme und Theaterstücke –, polierten unsere Gemmen, um Gott und einander zu zeigen, wie die nächste Version unserem Wunsch nach aussehen sollte, und trösteten einander mit unseren Visionen. An guten Tagen gestanden wir ein, dass Gott es ziemlich gut gemacht hatte: uns das Leben geschenkt und die meisten Leerstellen des Daseins ausgefüllt, außer der im Herzen.

Es ist wahr, dass die Welt an ihrer einzigen Aufgabe scheiterte – eine Welt zu bleiben. Stücke brachen von ihr ab. Jahreszeiten wurden postmodern. Am Wetter konnten wir nicht mehr erkennen, wo wir im Kalender waren. Einst glaubten wir, zweitausend Jahre lägen lange zurück, aber dann ging uns auf, dass sie in Wahrheit erst ziemlich kurz hinter uns lagen – nur sechzig Generationen. Wir befanden uns noch immer in der Phase, wo wir unsere Werkzeuge schliffen: Bronzezeit, Eisenzeit, Industriezeitalter, Computerzeitalter. Spirituell hingegen hatte es stets nur ein einziges Zeitalter gegeben. Gebrochene Herzen waren nicht weniger herzzerreißend. Lust war nicht weniger lustvoll. Wir blieben so stolz, hungrig und furchtsam wie ewig zuvor. Wir konnten unsere Gefühle, zumindest für ein Weilchen, medizinisch behandeln, und die Psychotherapie hatte uns gelehrt, so zu tun, als wären wir besser denn in Wirklichkeit. So zu tun als ob bringt dich ein Stück weiter, aber es bringt dich niemals weit genug.

Das Eis schmolz. Die Arten starben. Die letzten fossilen Brennstoffe wurden verbrannt. Jemand, der auf der Straße umfiel, mochte aus irgendeinem von hundert Gründen kollabiert sein. Neues, an dem man sterben konnte, kam jeden Tag hinzu.

Ständig waren wir wütend. Ständig neidisch. Und erleichtert, dass uns dabei Leute zusahen, die genauso wütend und neidisch waren wie wir. Einige machte es nervös, dass die Zeiten sie abhängen würden; sie wandten sich von der Kultur ab und dem Vergnügen zu, die Tage wie eh und je vergehen zu sehen – mit der Sonne, die morgens auf- und abends unterging. Wir waren neugierig auf die kommende Welt, aber erleichtert, dass deren Probleme nicht mehr unsere sein würden. Einige schöpften eine herrliche Art von Ruhe daraus, dass sie sich im Angesicht eines solchen Chaos und Wandels ganz klein machten, ganz minderwertig, ganz bedeutungslos. Und doch sah man inmitten all dessen im Regal noch Bücher, die Hunderte – ja Tausende! – von Jahren alt und bis heute bedeutsam waren. Das galt für kein einziges aus den letzten zwanzig Jahren.

Wie schafft es ein Buch durch diese schwierige Phase – zwanzig Jahre zu alt und doch nicht alt genug zu sein –, bevor es zu etwas Natürlichem wird, einem integralen Teil der menschlichen Zivilisation, so massiv und unausweichlich wie ein Baum? Ein Baum zu werden ist für ein Buch die größte Hoffnung. Aber wie geht das vor sich? Und warum geht es bei manchen Büchern und bei anderen nicht? Wer ist verantwortlich dafür, ihnen diesen Platz zuzuweisen, und wer trägt nur Platzanweiseruniform? Wer geleitet eigentlich so ein Buch durch seine schwierigen, bedeutungslosen Jahre in die Tiefe der Zivilisationen?

Ein kühler Kopf und ein kaltes Herz sind vonnöten, wenn Kunst sich durchsetzen soll. Der Platzanweiser für die Bücher hat den kühlsten Kopf und das kälteste Herz, nur erwärmt von Büchern und Worten. Die bloß Verkleideten erkennst du an ihren überhitzten Worten. Sie denken, die Kunst werde sie aufwärmen, und zucken zornig zurück, wenn sie beißt – doch auf Herzen aus Eis hält sich die Kunst. Nur die mit Tiefkühlherzen und -händen haben die Seelenkälte, die Kunst über Jahrhunderte frisch hält, konserviert im Eisschrank ihres Herzens und Verstands. Denn Kunst wird nicht für lebende Körper gemacht – sie wird gemacht für die kalte, unsterbliche Seele.

Oft saß Mira im Lampengeschäft und betrachtete eine bestimmte Leuchte. Sie bestand aus grünen und roten Kügelchen, geschliffenen Buntglassteinchen, die ein Geflecht aus Eisen zusammenhielt. Der Schirm war ein Halboval auf einem schönen eisernen Fuß. Die Leuchte war das Wunderbarste, was Mira je gesehen hatte. Sie saß dann da und wartete darauf, dass es dunkel wurde und sie alle anderen Lampen abschalten und ihren Liebling mit den von innen beleuchteten, durchscheinenden Steinen anstarren konnte. Vorsichtig drehte sie den Schirm, sodass sein farbiges Licht auf sie und die Wände fiel.

Da ihre Lieblingsleuchte auch die billigste war, schien es möglich, dass sie eines Tages Mira gehören würde – falls niemand sie vorher kaufte. Vielleicht lag es auch am unschlagbaren Preis, dass sie die Leuchte zu ihrem Liebling gemacht hatte. Etwas zu lieben, was nicht einigermaßen erreichbar ist, bringt ja nichts.

Was sie an der Leuchte anzog, war deren Schlichtheit. Sie war nicht von jemandem geschaffen worden, der verstand, wie Leute anderen gegenüber wirken wollten, oder davon überzeugt war, dass Leute Dinge erwarben, um vor ihren Freunden anzugeben. Sie war nicht von jemandem geschaffen worden, der sich ein Objekt im Kontext eines übergeordneten Wertesystems vorstellte oder den künftigen Besitzer des Objekts unter anderen mit ähnlichem Geschmack verorten konnte. Sie war von einem bescheidenen Menschen geschaffen worden, der einfach dachte: *Jetzt mache ich mich an meine nächste Lampe.*

Jedes Mal wenn Mira ihre Schicht antrat, sah sie zuerst nach, ob die Leuchte noch da war. Das war immer der Fall. Sie nahm an, ihr Chef wusste, wie sehr sie die Leuchte mochte, obwohl sie nie danach fragte. Wahrscheinlich hatten alle Angestellten ihre Lieblingslampe.

Eines Nachmittags, als sie in der Kantine der Akademie ihren Tee tranken, trat Matty ein und erzählte, er habe gerade Annie getroffen. Natürlich hatten sie längst von ihr gehört – und waren begeistert, dass sie tatsächlich existierte. Wo er sie denn aufgetan habe? Im Park, unter einem Baum sitzend. Er hatte sie lesen gesehen und sie erkannt. *Wie konntest du dir sicher sein, dass sie es war?* Dies geschah in den frühen Zeiten, bevor man jedermanns Bild aufrufen konnte. Er sagte, das sei doch klar gewesen.

Hast du mit ihr gesprochen? Natürlich habe er das! Als ob er so eine Chance auslassen würde! *Und? Hast du sie zum Tee eingeladen?* Er sagte Nein, als wäre der Vorschlag geschmacklos. Doch ihre Telefonnummer stehe hinten in seiner Kladde. Na gut, nicht *ihre* Nummer, sondern die der Buchhandlung, in deren Nähe sie wohnte. Dort konnte man Nachrichten für sie hinterlassen. Mira empfand ein verzweifeltes Verlangen danach anzurufen, weil sie sich – wie sie alle – sicher war, dass Annie ihr Leben verändern würde.

Später, als Mira nur unwesentlich älter war, sollte sie zu schüchtern sein, eine Person kennenzulernen, die ihr Leben verändern würde. Sollte sich Sorgen darum machen, wie das ankommen würde, oder befürchten, sich irgendwie zu blamieren. Aber damals nahm sie sich noch nicht als Person wahr. Sie nahm sich nicht als jemanden wahr, den andere sehen, bewerten und abschließend beurteilen konnten. Sie wollte, was sie eben wollte, und dachte nicht darüber nach, was für ein Licht ihre Wünsche auf sie werfen würden.

Matty sagte: *Kommt, lasst uns sie gleich anrufen.* Gesagt, getan. Sie gingen in den Flur zum Telefon in der hölzernen Zelle. Eine Frau nahm ab. Matty sagte, er wolle Annie sprechen. Die Frau sagte, sie werde ihr eine Nachricht hinterlassen. Matty warf den anderen einen verzweifelten Blick zu, hielt die Sprechmuschel zu und flüsterte: *Wie lautet unsere Nachricht?* Mira sagte: *Richte ihr aus, sie soll im Sekretariat anrufen und dort mitteilen, wann wir vorbeikommen können.* Er fragte: *Wer ist «wir»?* Sagte aber dann zu der Frau genau das. Als er aufgelegt hatte, stritten sich Mira und er ein bisschen. Er war verstimmt, weil sie ihn etwas hatte sagen lassen, das dumm und unerwachsen klang. *Worüber machst du dir Sorgen?*, fragte Mira. *Ist doch klar, dass wir in der Akademie sind.* Die ganze Schar marschierte den Flur hinunter zum Sekretariat. Mira erläuterte der Sekretärin, dass bald jemand anrufen würde und ob man die Nachricht bitte in Mattys Box legen könne? Jeder Studierende hatte an der Wand draußen vor dem Büro ein kleines hölzernes Fach für Post, private Nachrichten und Mitteilungen der Akademie. Im Hinausgehen sagte Mira: *Siehst du? Das hat doch prima geklappt.* Matty zog einen Flunsch. Dann machten sie sich wieder ans Teetrinken. Zwei Stunden später gingen sie zu Mattys Fach zurück und fanden darin Annies Botschaft. *Kommt einfach an irgendeinem Abend nach acht vorbei.* Welch ein Triumph! Sie waren wirklich zu allem fähig. Ihr ganzes Leben zeugte davon.

Na schön, sagten sie, *dann gehen wir doch gleich heute hin.* Von coolem Auftreten hatten sie noch nie was gehört. Also trudelten sie um acht vor der Buchhandlung ein und betraten durch die Glastür den gekachelten Eingang daneben, von dem eine Treppe zu Annies Wohnung hinaufging. Es war, als wüssten sie bereits alles über die Welt – als schlösse etwa ihr Wissen über Annie gleich das Wissen über ihren Wohnort ein.

Annie lebte in einem weitläufigen Apartment über der esoterischen Buchhandlung auf der Harbord Street, wo es damals vor allem Antiquariate gab. Durch die Lüftungsschlitze drang der Geruch des Ladens in ihre Wohnung – nach Räucherstäbchen, kräftigen Ölen und matten alten, tief aus der Erde gegrabenen Kristallen, ein dunkler, metallischer Duft, der an Münzen erinnerte, dazu ein Hauch vom Geruch der Frauen in den besten Jahren, die dort arbeiteten, mit ihrem alternden, parfümierten Fleisch. Eine Tür führte in die Buchhandlung, die andere eine düstere, enge Stiege hinauf zu Annies Apartment.

Annies Apartment war verstaubt und roch nach Rattenscheiße. Ein unverwechselbarer Geruch. Es barg einen Haufen Leere, zwei kahle Zimmer, eines nach vorne hinaus; dann ging es durch einen langen, fensterlosen Flur in ein großes Hinten. Dazwischen waren ein winziges Badezimmer und eine verbaute Küche gequetscht. Kaum waren sie angekommen, spazierten alle mit naseweiser, unschuldiger Neugier herum. Das Zimmer hinten war noch leerer und kälter. Aber vielleicht war es irgendwann mal hübsch und voller Pflanzen gewesen, denn in der Ecke stand ein Stapel Tontöpfe, um deren Entsorgung Annie sich nicht gekümmert hatte. Beide Zimmer hatten zahlreiche Fenster, aber da sie zum ersten Mal abends hinkamen, reflektierten die Fenster nur ihre traurigen Gesichter, während die feuchte Nacht draußen blieb. In der Küche stand ein alter Herd, der nach austretendem

Gas roch, aber das war eben zu Zeiten, in denen es überall schlecht roch. In all ihren Wohnungen stank es. Nur jeweils unterschiedlich, und dieser spezifische Geruch rief bei allen einen gewissen persönlichen Stolz hervor, als wäre die Wohnung die eigene Achselhöhle: Man fühlte sich ein bisschen von dem Geruch angezogen und motiviert, ihn zu verteidigen. Im vorderen Zimmer standen ein flacher hölzerner Couchtisch und, an die Wände gerückt und sichtlich am Straßenrand aufgelesen, ein paar durchhängende Sessel.

Plötzlich war es Mira peinlich, mit ihren Kommilitoninnen und Kommilitonen dort zu sein. Sie wollte sich gern auszeichnen, wollte, dass Annie erfuhr, dass sie die Beste war, diejenige, die Annie am liebsten mögen sollte. Matty hatte gleich beim Eintreten angeberisch den Hut vor Annie gezogen. Schließlich ließen sie sich im vorderen Zimmer auf Kissen auf dem Fußboden nieder. Annie kehrte mit einem großen, überquellenden wellenförmigen Aschenbecher aus der Küche zurück, den sie mitten auf den Tisch stellte, und alle kramten ihre Zigaretten hervor. Mira folgte Annies Blick und fragte sich, ob Annie wohl mit Matty vögeln wollte – Matty, der nach Keller roch und doch anziehend war.

Überall umschwebten sie diverse Geister und Gespenster, für die sie keine Zeit hatten. In den von ihnen gemieteten Häusern gab es die Geister und alle möglichen Überbleibsel von Menschen, die dort gelebt hatten und gestorben waren, und von Menschen, die vor diesen dort gestorben waren, auch auf den Grundstücken und im Boden, und das alles formte den Kohlenstoff dessen, was die Bühne und das Amphitheater ihres eigenen Lebens ausmachte, an das sie keinen Gedanken verschwendeten.

Und wenn doch, hätten sie nicht gewusst, wie sie darüber sprechen sollten, aber sie dachten nicht darüber nach oder auch nur darüber, dass alles, was ihnen zustieß, auf einem Friedhof geschah. Wie sollten sie auch wissen, dass die Süßeste von ihnen an einer unvorstellbaren Krankheit sterben würde, zwanzig Jahre später, nur ein paar Straßen entfernt von dort, wo ihre Partys stattgefunden hatten, an einer Krankheit, die machtvoll und schnell von ihr Besitz ergriff und sie dann einschloss, sodass keiner von ihnen wusste, ob sie noch hören konnte, was sie sagten. *Konnte* sie sie hören, oder war ihr Gehirn Matsch? Sie war wie Mira gewesen; sie spielte keine Mädchenspiele. Und dann, eines Tages, bevor es einem richtig dämmerte, war sie mausetot.

~

Sie konnten nur deshalb mit dem Gefühl umfassender Bedeutsamkeit leben, das all ihren Erfahrungen zugrunde lag, weil die Nachrichten aus der Außenwelt derart begrenzt flossen. Sie wurden, wenn überhaupt, von den Tageszeitungen geliefert. Und die lasen sie gar nicht. Nie sahen sie ein Video, in dem sich ein anderes Mädchen das Haar machte. Sie wussten nicht einmal, dass andere Mädchen sich das Haar machten. Alles, andere Existenzen und die Gedanken von Menschen, die nicht sie selbst waren, lag gleichermaßen weit entfernt. Alles, was ihnen naheging, waren ihre Gruppe und die Bücher, die sie lasen, auch die Musik. Gab es noch andere junge Leute? Für sie gewiss nicht.

Können wir sagen, dass Freundschaften damals anders waren? Dass sie wie Leuchten waren, allein mit dir in deiner Intimsphäre? Man kannte nicht mehr als ein oder zwei Dutzend Menschen, und du wusstest nie, wann du sie das nächste Mal sehen würdest. Nach jedem Abschied bestand die Chance, dass es der letzte gewesen sein mochte. Nach einer Party war es immer möglich, dass du die Gesichter dort nie wiedersehen würdest. Aber darauf verschwendetest du keinen Gedanken. Jeder führte sein eigenes kleines Leben, das sich mit dem von anderen nur auf Partys berührte. Zwischen den Partys lief mit den meisten nichts.

Damals wurde mit Freundschaften nicht so geprotzt. Deine Freunde waren einfach die Leute um dich herum. Niemand konnte sich etwas anderes vorstellen. Wenn du deine Freunde mochtest, war das okay. Wenn nicht, auch. Wir gaben uns mit unserem Durchschnittsleben zufrieden. Niemand konnte sich ein großartiges Leben vorstellen. Das blieb weit entfernten Menschen vorbehalten. Unser mangelndes Bewusstsein der eigentlichen Dimensionen der Welt bewahrte uns vor größerer Unaufrichtigkeit. Es reichte, vier oder fünf Leute zu kennen und mit zweien oder dreien von ihnen geschlafen zu haben. Gab es sonst etwas Erstrebenswertes? Nur eine imaginierte Unsterblichkeit – ein Bewusstsein der eigenen Größe, das sich an nichts messen ließ.

~

Das Komische daran ist, dass es noch gar nicht so lange her ist. Wir leben fast alle noch. Und doch hält keiner Kontakt zum anderen. Wir halten nur Kontakt zu den Freunden, die wir nach der Freundschaftsrevolution gefunden haben, denn bei der ging es vornehmlich ums Kontakthalten. Die Freunde, die wir von früher kannten – die ließen wir gern sausen, um die Traditionen der alten Welt in die neue fortzuführen.

Eines Tages bei der Arbeit schlüpfte Miras Chef in seinen Mantel, sagte, er habe noch etwas zu erledigen und komme in zwanzig Minuten zurück. Kaum war er weg, nahm Mira ihre Lieblingsleuchte, eilte damit nach hinten in den Laden und versteckte sie draußen auf der Gasse nahe der Brandschutztür hinter zusammengelegten Pappkartons und schlaffen Müllsäcken.

Stunden später, nach Ladenschluss, ging Mira zur Vordertür hinaus und nach hinten herum, wo sie die Leuchte abholte und sie, unter dem Mantel versteckt, sorgsam durch viele Straßen trug. Sie trug sie wie eine dicke Katze, fest an die Brust gedrückt. Nahm sie mit in ihr Zimmer und stellte sie auf den Schreibtisch. Bückte sich und stöpselte sie ein. Dann setzte sie sich auf und betrachtete sie. Da war sie: ihre Lampe.

~

Mira glaubte nicht, dass der Besitz der Lampe sie zu einem wertvolleren oder gar beeindruckenden Menschen machen würde. Sie glaubte nicht, dass irgendjemand sie der Lampe wegen bewundern würde. Sie glaubte nicht, dass sie ihr magische Kräfte verleihen würde. Da war nur der Wunsch, etwas so Besonderes, so Leuchtendes und gänzlich Eigenes zu besitzen. Dieser Besitzwunsch war ganz schlicht und rein gewesen. Später sollte der Erwerb von Dingen komplizierter werden und sie unzufrieden, verwirrt und gieriger als zuvor zurücklassen. Aber die

Lampe zu besitzen brachte sie nicht dazu, noch mehr Lampen besitzen zu wollen. Es brachte lediglich das Vergnügen mit sich, diese eine zu besitzen.

Sie stand auf und schaltete das Deckenlicht ab, dann setzte sie sich wieder vor die Leuchte. Die roten und grünen Steine warfen ihr Licht auf Miras dunkles Gesicht und die Wände. Und sie liebte ihre kümmerliche kleine Existenz, die ihr ganz allein gehörte.

Sie hatten es komplett selbst geplant, das ganze Dinner. Sie wollten alle einladen, alle interessanten Leute, die sie kannten. Mira war aus ihrer ersten Wohnung ausgezogen und lebte nun mit Matty und zwei Kommilitonen zusammen in einem Haus. Sie verkündete, sie wolle versuchen, Annie einzuladen, und es klang, als wollte sie die Königin hinzubitten. Seit jenem Abend auf dem Fußboden ihres Apartments waren sie Annie noch ein paarmal über den Weg gelaufen. Alle hofften, sie werde zusagen.

~

An diesem Abend saßen sie zu fünfzehnt um ein paar Behelfstische und aßen Erdnusssuppe, gekocht von ihrem Mitbewohner, einem dürren Veganer, der oben in der Dachkammer lebte und anarchistische Broschüren und angelaufene japanische Schwerter sammelte.

Niemand von ihnen hatte jemals zu einem Dinner eingeladen, und Mira bewunderte Annie zutiefst. Warum lud sie sie dann in ihr armseliges Zuhause? Weil Mira, bis Annie vor der Tür stand, kein Bewusstsein dafür entwickelt hatte, wie ihr Leben auf Annie wirken würde. Mira hatte sie mit stolzgeschwellter Brust eingeladen und geglaubt, Annie werde ihr Leben genauso sehen wie sie selbst – als coole, bewundernswerte Existenz. Aber sobald sie durch den Windfang trat, wusste Mira, dass sie einzuladen ein Fehler gewesen war. Im Flur sah sie Annie einen Blick auf das Gemälde werfen, das Matty auf der Straße gefunden hatte. Er hatte die Landschaft aufgehängt und sie an all den lächerlichsten Stellen mit draufgemalten Pimmeln verziert. Jetzt erkannte Mira an Annies Blick, dass nichts daran besonders toll war. Mattys Aktion war kindisch und dumm gewesen! So waren auch ihr Leben, ihre Party, die Suppe und ihre betrunkenen, zu jungen Freunde, von denen keiner wusste, wie man sich bei etwas benahm, was sie hochtrabend eine *Dinnerparty* genannt hatten.

Lag Annie falsch, wenn sie das Essen ekelhaft und alle dort verachtenswert fand? Lag sie falsch, wenn sie abgestoßen war, weil sich in den ersten beiden Stunden alle dermaßen ungehemmt abfüllten, dann den Veganer mit seiner Erdnusssuppe zu beleidigen begannen und sein Brot durch den Raum warfen? Mira beobachtete Annie ängstlich, sah sie kerzengerade auf ihrem zurückgeschobenen Stuhl sitzen. Annie war nicht betrunken, sie lächelte nicht, und Mira konnte alldem nicht Einhalt gebieten.

Annie blieb nicht lange auf der Party.

In all den Wochen danach, jedes Mal wenn Mira und Annie sich zufällig begegneten, ging etwas in ihnen auf. Etwas weitete sich in Miras Brust, ein Portal zu Annie und deren Brust, die sich wiederum Mira öffnete. Ein solches Aufgehen hatte Mira niemals zuvor empfunden, geschweige denn gewusst, dass es dergleichen gab. Als weite sich eine Vagina um einen sehr großen Schwanz, nur fand diese Weitung eben in ihrer Brust statt, in jenem Teil von ihr, der für gewöhnlich die Liebe fernhielt und ihr Inneres streng bewachte. So lebte sie sonst – dieser Teil blieb fest versiegelt. Doch nun ging er beinahe zu weit auf, und etwas Ähnliches geschah mit Annie.

~

Was hat es mit der Kraft unserer Verbindung zu gewissen Menschen und der Schwäche dieser Verbindung zu gewissen anderen auf sich? Als Mira Annie zum ersten Mal begegnet war, hatte etwas in ihr sie erkannt. Als bestünde ihre Verbindung bereits. Bei den meisten Menschen war das nicht so. Annie unterschied ebendiese offenbar bestehende und unmöglich zu erklärende Vorverbindung vom Rest der Menschheit. Mira fand es merkwürdig, sich vorzustellen, dass Annie für andere nur eine Passantin auf der Straße war, ein Nichts.

Mit einigen wenigen Menschen in deinem Leben spielt sich emotional übermäßig viel ab – mehr als angesichts dessen, wie wenig tatsächlich zwischen euch geschehen ist, einleuchten würde. Solche Menschen entzünden etwas tief in dir auf eine Weise, wie andere es nicht tun. Das passiert stets im allerersten Moment und hört dann nicht mehr auf. Keine Dummheiten können es zerstören, deshalb bleibt immer eine Verbindung, selbst wenn ihr beide euch nie wiederseht. So empfand Mira gegenüber Annie. Nicht dass sie ihr in einem früheren Leben schon einmal begegnet wäre. Sie begegnete ihr *in diesem Leben* – und ist das nicht außerordentlich! Warum ist es so schwer, sich *in diesem Leben* zu begegnen?

Aber die entscheidendere Frage war: Was sollte man mit solchen Menschen machen? Sie vögeln, sie lieben oder in Ruhe lassen? Jedenfalls schienen sie danach zu schreien, dass man etwas unternahm! Das spürte Mira. Es eröffnete jedoch auch die Möglichkeit, dass man sie belästigte. Was also sollte sie damit anfangen, dass sich etwas in ihr zu Annie hin öffnete? Diesem Gefühl nachzugeben konnte leicht peinlich enden, weil Mira nicht wusste, ob sich Annie ihrerseits berufen fühlte, in *Miras* Leben zu treten. Bestimmt glaubte nicht jeder Mensch, zu dem Mira sich hingezogen fühlte, dass sich das Leben darum drehte, *ihr* zu begegnen.

~

Bei solchen Gelegenheiten trifft die Schuld oft die Götter. Sie schlüpfen wie eine Amöbe in einen Menschen hinein, und aus dem einen heraus beobachten sie einen anderen – denjenigen, den sie sich ausgesucht haben. So beobachteten sie aus Annie heraus Mira und aus Mira heraus Annie. Das geschieht nicht immer wechselseitig, aber in diesem Fall schon – sie machten sich einfach Notizen über die Menschenwesen, um uns in der nächsten Version der Welt besser hinzukriegen. Mira, die davon nichts wusste, fragte sich, was diese Intensität bedeutete: Warum ausgerechnet *Annie* von allen Menschen auf der Erde? Warum konnte sie nicht aufhören, an *Annie* zu denken?

Jedes Mal wenn sie einander beäugten oder kurz aneinander dachten, ging ihnen die Brust weiter auf. Ganz unbeabsichtigt fielen ihnen an der anderen verborgene Dinge auf. All das schien ganz von selbst zu geschehen, dieses Wachsen einer Brücke, auf der Dinge zwischen ihnen passieren konnten, nicht unbedingt sexuelle oder auch nur intime Dinge, sondern schlicht und einfach noch unbekannte. Da wurde eine Straße gebaut, wenngleich noch nichts darauf unterwegs war. Eine Reihe von Arbeitern war damit beschäftigt – die Götter –, und alles ging viel zu schnell! Sie arbeiteten immer so schnell – so viel schneller, als Menschen je verstehen konnten. Mira war ängstlich und verwirrt: Bei ihren wenigen Begegnungen war nichts Bedeutsames geschehen, was eine solch solide Straße gerechtfertigt hätte. Die Erfahrung tat weh, so als würden ihre Rippen auseinandergestemmt, damit die Arbeiterhände an ihr Herz gelangen konnten. Daraufhin konnte sie nicht mehr leugnen, dass diese Straße tatsächlich zwischen ihnen gebaut wurde, in die tiefsten Winkel von Miras Brust hinein, der gewöhnlich abgeschlossenen, nunmehr weit aufgerissenen; und wenngleich noch keine von ihnen bereit war, diese Straße zu betreten, war es schwer zu glauben, dass sie es nicht irgendwann tun würden.

Annie war in einem Waisenhaus in einer fernen amerikanischen Stadt aufgewachsen, deshalb fanden Mira und ihre Freunde, sie sei etwas Besonderes – weil sie aus einem so herrlich trostlosen Land kam und ihre Eltern nie kennengelernt hatte. Sie erzählte ihnen Geschichten davon, was die Waisen so angestellt hatten, wie sie gesungen, getanzt, Streiche gespielt und geweint hatten; sich zu einem offenen Fenster hochgereckt, über ihre großartige, funkelnde Stadt hinausgeblickt und sich gefragt hatten, ob ihre Eltern irgendwo da draußen waren, ob sie sich an das verlassene Kind erinnerten und ob sie reich, hübsch oder nett waren.

Ihr Waisenstatus erhob Annie über sie, darüber waren sich alle einig. Auch ihre Herkunft aus Amerika machte sie interessant. Sie hatte Süßigkeiten gegessen, die sie nur vom Hörensagen kannten – *Mikes and Ikes*. Wie waren die? Wie war es, nicht zu wissen, woher du stammtest oder warum deine Eltern dich verlassen hatten?

Sie konnten sich nicht vorstellen, wie Annies Leben verlaufen war. Sie sehnten sich danach, so zu sein wie sie – so unabhängig und frei. Das elternlose Aufwachsen hatte etwas Romantisches, aber der Gedanke daran erschreckte sie auch. Mutter und Vater zu haben war alles, was sie kannten, auch wenn sie jetzt nicht mehr bei ihnen lebten. Auch wenn sie sie nie anriefen, hielten sie ihnen bei Regen den Schirm. Wenn sie wollten, konnten sie nass werden, aber wenn sie trocken bleiben wollten, kamen ihre Eltern. Sie wussten nicht, dass ihr Mut daraus erwuchs oder dass ihr imaginierter Aufbruch nicht gewagter war als ein Abendspaziergang auf einer wohlbeleuchteten Straße. Wenn sie wollten, konnten sie nach Hause gehen. Sie hatten Eltern, die sie liebten. Mira hatte einen Vater, der sie sehr liebte, fast bis zum Ausschluss aller anderen. Annie jedoch hatte niemanden, sie war ganz allein. Deshalb zog es sie so zu ihr hin. Mira und ihre Freunde bewunderten sie zutiefst. Sie war die, die sie zu sein vorgaben.

Vielleicht hätte Mira nicht so früh zu Hause ausziehen sollen, denn dabei veränderte sich etwas. Es bedeutete, dass sie vertraute alte Werte hinter sich ließ – und wofür? Für ein schwieriges Leben auf des Messers Schneide der Gefühle, denn das bedeutete das Dasein als Kunstkritikerin: eine lebenslange Existenz auf Messers Schneide.

~

Wenn Mira an zu Hause dachte, dann am häufigsten an ihren Vater und daran, dass er sie in seiner Nähe haben wollte. Er ermutigte sie zwar, in die Welt hinauszugehen, aber lieber hätte er sie bei sich gehabt. Stets spürte sie seine Präsenz, die sie zurückrief, und nie konnte sie ihre Unternehmungen von dem Vergnügen oder Schmerz trennen, die sie ihm damit bereitete – von ihrem generellen Misstrauen hinsichtlich dessen, in welche Richtung das alles gehen würde.

In ihrer Kindheit jedoch war zwischen ihnen alles golden und grün gewesen: Ständig wies er sie auf die Schönheit der Welt, ihre Größe und ihr Mysterium hin, und dank seiner Zuwendung hatte sie sich wertgeschätzt und geliebt gefühlt.

Eines sonnigen Nachmittags, als Mira und ihr Vater im Garten standen, versprach er, ihr irgendwann allerlei rätselhafte, seltene und wunderbare Dinge zu schenken, darunter *reine Farbe* – nicht irgendetwas Gefärbtes, sondern Farbe an sich! Farbe an sich kam in harten kleinen runden Scheiben und leuchtete wie polierte Steine oder Juwelen, war aber ganz von innen heraus farbig. Sie präsentierte sich äußerlich als Farbe, weil ihr Äußeres zugleich ihr Innerstes war. Doch im Gegensatz zum Juwel strahlte sie keine Farbe ab. Ihre Farbe lag einfach nur inwärts gewandt da. Reine Farbe war so introvertiert wie ein scheues kleines Tier. Mira hatte noch nie reine Farbe gesehen, aber sie nahm an, dass es außer diesen Scheiben wahrscheinlich noch viel mehr gab, was ihr Vater wusste und ihr zeigen und schenken konnte.

~

Doch als Mira älter wurde, fiel es ihr schwerer, ihn angemessen zu lieben oder auch nur zu wissen, was angemessen gewesen wäre; jedes Interesse, das sie an anderen Menschen entwickelte, fühlte sich an, als nähme es ihm etwas weg, weil er nur Mira zum Lieben hatte. Mit ihm zusammen zu sein war eigentlich ein Vergnügen, doch irgendetwas störte immer. Es war die Wärme seines Fells, die sie überallhin verfolgte – haftend und juckend, aber auch tröstend, heimelig.

Deshalb sehnte sich Mira nach einem Leben im Eisbad, nachdem sie ohne ihn in die Welt hinausgetreten war. Vom bärigsten aller Bären so umschlungen zu werden war schwer gewesen, und jeder Mensch, der sich ihr mit der gleichen unverbrüchlichen Liebe näherte, jagte ihr Angst ein. Sie fühlte sich mehr zu Fischen hingezogen, die ihre Aufmerksamkeit gleichmäßig auf die Menschen verteilten. Also machte sich die überhitzte Mira auf die Suche nach einem Eisschrank. Sie wollte eine Liebe, die sie auf die Temperatur der Lebenden abkühlen würde. Sie sehnte sich danach, von den kältesten Händen umschlungen zu werden. Wenn sie erwärmend geliebt wurde, fürchtete sie, sich zu sehr zu erhitzen, um noch mit Kunst umgehen, um noch helfen zu können, sie durch die Jahrhunderte weiterzugeben.

Mira hatte gar nicht vorgehabt, Annie so lustvoll in den Nacken zu küssen, als sie zum ersten Mal allein draußen waren. Sie standen in der Tür der Buchhandlung, etwas oberhalb der Straße. Und da überkam es Mira gewaltig. Sie fing an, Annie in den Nacken zu küssen, machte, als sie sie leise seufzen hörte, noch ein Weilchen weiter, hielt dann inne. Zum ersten Mal in ihrem Leben fühlte sie sich derart überwältigt. Es war Lust, aber auch eine Art plötzlich aufsteigender Liebe. Sie hatte nur eine Haarlocke beiseiteschieben und ein Küsschen dahinter platzieren wollen. Mira gehörte zu den unaufdringlichen Menschen, denen man dergleichen damals durchgehen ließ – aber als sie die Lippen auf Annies Hals setzte, hielt ihr intensiver Duft sie in ihrer Wärme fest. Also küsste sie noch ein bisschen weiter, sanft und mit den weichsten Lippen, und dabei herrschte um sie herum eine atmosphärische Stille, wie sie noch nie eine erlebt hatte. Diese Stille herrschte auch in ihrem Herzen.

Annie hatte etwas, eine Art Kraft, die Mira erst bemerkte, als sie sie küsste. Da ging ihr auf, dass sie unter einem Zauber stand – und sie glaubte zu wissen, warum Männer Frauen zu allen Zeiten gefürchtet und ihnen jenseitige Kräfte zugeschrieben hatten, die es zu zügeln galt. Plötzlich war sie erfüllt von all den Dingen, die sie mit Annie machen konnte, von all den Dingen, die sie, sich gedankenlos führen lassend – mit der gleichen Leere im Kopf wie beim Küssen –, gern gemacht hätte, und sie wusste, dass sie sich mit Leib und Seele fallen lassen konnte. Sie sah, wie sich zwischen ihnen eine Zukunft entfaltete, obwohl sie sich dagegenstemmte, doch sie hatte noch nie eine Zukunft sich so überzeugend entfalten sehen.

~

In den darauffolgenden Wochen kam Annie nicht mehr auf den Vorfall zu sprechen, und weil Mira jung war und zu Schamgefühlen neigte, erwähnten sie ihn nie wieder.

Kot, Würmer, Pisse, Ärger. Da sind wir heute. Unsere Kostümierungen, unsere Manieren haben uns nicht vorangebracht. Verliebt zu sein war nur eine Phantasie von einer Welt, die noch nicht gänzlich aus Pisse und Staub bestand. Aber was für eine Phantasie Annies Gesicht heraufbeschwor! In manchen Büchern sollst du die Finger von solchen Frauen lassen, in anderen sollst du sie lieben. Im richtigen Leben jedoch gibt es kein sicheres Zeichen dafür, ob du die Finger von einer Frau lassen oder sie lieben sollst.

Ein Mensch kann völlig unbeabsichtigt sein ganzes Leben vergeuden, nur weil ein anderer ein wirklich tolles Gesicht hat. Hat Gott daran gedacht, als er die Welt erschuf? Warum hat er nicht alle mit dem exakt gleichen Gesicht ausgestattet? Vielleicht wird es in der nächsten Version der Welt so sein, und Menschen, die in dieser Zeit leben werden, können sich die alte Version, wo jedes Gesicht anders aussah, gar nicht vorstellen. Obwohl diese Vorstellung sie vielleicht abstoßen würde, werden sie nicht weiter darüber nachdenken, wie viel Zeit unsere verschiedenen Gesichter vergeudet haben. Sie werden nicht weiter darüber nachdenken, wie manche Gesichter Leuten mit weniger schönen Gesichtern das Leben ruiniert haben oder wie ein schönes Gesicht seiner Besitzerin oder seinem Besitzer das Leben ruiniert hat.

Aber klappt am Ende nicht doch alles, egal, was für ein Gesicht du hast? Jawohl, Menschen mit hässlichen Gesichtern können ein schönes Leben führen und Leute mit schönen Gesichtern ein hässliches, und ein schönes Gesicht kann dich geradewegs in die abgrundtiefe Hässlichkeit der Welt hinunterziehen. Aber in der nächsten Version des Daseins wird man das nicht verstehen – wie das schöne Gesicht eines Menschen einen anderen ins tiefste Unglück stürzen konnte.

Ein paar Monate später legte Annie ein Foto von sich, das sie in einer Dunkelkammer in der Innenstadt entwickelt hatte, in ein Buch, das sie sich von Mira geliehen hatte und nun zurückgab. Mira fand das Foto erst, als sie viele Jahre später das Buch öffnete und diesen überraschenden Zuneigungsbeweis von Annie entdeckte. Vielleicht hatte Annie es auch einfach darin vergessen? Vielleicht hatte sie es als Lesezeichen benutzt? Aber nein, denn als sie es umdrehte, sah sie in Annies unbeholfener Handschrift zwei Wörter: *Für Mira.*

Warum hatte Annie nicht in den Wochen, nachdem sie das Buch zurückgegeben hatte, gesagt: *Ich hoffe, du hast mein Foto gefunden?* Weil Annie so etwas nie gesagt hätte. Sie war zu stolz und zu verzweifelt, um jemals zu jemandem zu sagen: *Hast du mein Foto gefunden?* Mira gehörte zu der gedankenlosen Sorte, die zu jedermann *Hast du mein Foto gefunden?* sagen konnte, aber Annie war zu cool und zu tief verletzt, um diese Worte je auszusprechen.

Waise zu sein gehörte zu Annies ersten Erfahrungen im Leben, deshalb ist es gut möglich, dass sie sich dazu verdammt fühlte, diese Erfahrung zu wiederholen – da zu sein, doch übersehen zu werden. Die Tage der Gegenwart imitieren oft die Vergangenheit, wie ein Entenküken, das seiner Mutter folgt – und wer hat je die kindliche Gegenwart dazu überreden können, nicht der Mutterente der Vergangenheit zu folgen? Statt Mira das Foto zu schenken, beließ Annie es also dort, wo es nicht wahrgenommen werden würde.

Mehr Zeit verging, Monate zogen vorbei, und alles erlahmte ein wenig, so als verabschiedete sich eine Jahreszeit. Du konntest das rottende Ende schon riechen. So wie du am Ende des Sommers den Herbst von den Blättern herabwehen riechst. Und am Ende des Herbstes den Winter in dem Frost, der die Erde verhärtet.

Matty war der Erste, der das spürte. Sein Auge fiel auf eine breithüftige Frau, die sich in jeder Hinsicht von ihnen unterschied, und er ging fort und heiratete sie und ließ sie alle zurück.

Bald tranken sie in verschiedenen Kneipen, wechselten ein paar Briefe, dann Schluss. Denn sie alle hatten darin das Zeichen erkannt – dass Matty sich nur zu verlieben brauchte, und schon erlahmte ihre Welt und zerfiel.

So stellte sich das also in der Rückschau dar. Mira hätte eine neue Thermoskanne gebraucht, um es alles aufzubewahren, denn die alte konnte ihre Erinnerungen nicht warm genug halten.

Im Abkühlen veränderte die Vergangenheit ihren Aggregatzustand: Einst war sie fest gewesen, jetzt wurde sie zu einem Gas. Oder sie war zuerst ein Gas gewesen, dann flüssig geworden, und nun hielt Mira den schlammigen Rückstand in den Händen. Und sie dachte: *Diese ganze Zeit, diese ganze blöde Zeit hätte ich mit meinem Vater verbringen sollen.*

ZWEI

Sie weiß nicht, wie sie über den Tod ihres Vaters nachdenken soll oder ob überhaupt oder wie die große Freude und Ruhe zu erklären wären, die sich in dem Moment in ihr ausbreiteten, als ihn das Leben verließ und sie spürte, wie seine Seele in ihren Körper eintrat und sie mit Glück und Licht erfüllte. Einen Augenblick lang war da gar nichts, kein Leben mehr in ihm, dann trat die Seele, die in ihrem Vater gewohnt hatte, in sie ein. Verschaffte sich Zugang durch ihre Brust, und sie spürte sie dort und im ganzen Körper, unter ihrem Scheitel, an den Zehenspitzen, wunderbar wirbelte sie in ihr, und der Friede, den Mira erfuhr, als sie sich langsam setzte, war das reinste Gefühl der Liebe; eine Klarheit, die sie schließlich zwang, sich aufzurichten, nachdem sie lange genug in ihr gewirbelt hatte, dass es an der Zeit schien, sie zu teilen, nach unten zu gehen, ihren Onkel in die Arme zu schließen, zu ihm zu sagen: *Dad ist tot*, und ihn fest genug zu umarmen, dass vielleicht auch er sie spüren konnte, diese Vaterliebe, die sie durchströmte. So vollkommen waren Frieden und Freude und die Erleichterung darüber, dass für ihren Vater alles vorbei war, das schwierige Unterfangen seines Lebens und das Tragen all der schweren Lasten – es war vorbei, und aus seinem letzten Atemhauch erwuchs die reinste Freude. Dann, vielleicht zwanzig Minuten später, beschlich Mira eine tiefe Kälte, sie begann, mit den Zähnen zu klappern, sie wollten gar nicht mehr aufhören aufeinanderzuschlagen, ihre Arme wurden kalt, sie fror und zitterte am ganzen Körper, sodass sie schließlich wieder nach oben zum Leichnam ihres Vaters ging, sich neben ihn aufs Bett setzte und die Decken hochzog, ihn gar nicht beachtete, sondern nur versuchte, sich aufzuwärmen. Hatte seine Seele sie schon wieder verlassen? Oder klapperte sie nur wegen des gerade Erlebten mit den Zähnen, und seine Seele war in ihr geblieben, aber auf ein solches Ereignis folgte ganz naturgemäß ein tiefer Kälteschock? Danach konnte man niemanden auf der Welt fragen, denn wir sind nicht dazu geschaffen, es zu wissen.

Sie lag neben ihm, umschlang ihn, den Arm über seine Brust gelegt, ihren Körper an den seinen nunmehr stillen und leblosen gepresst, der noch vor wenigen Momenten geatmet hatte, und sie wusste, dass ihr Gehirn ein kleines, nutzloses, erdverwurzeltes Ding war, das niemals verstehen würde, und dass sie niemals wahrhaftig würde nachvollziehen können, was sie soeben erlebt hatte.

Später, als sie durch den Garten hinter seinem Haus ging, eine weitere Stunde gen tiefe Mitternacht, wusste sie, dass das Universum seine Seele in sie eingepflanzt hatte – und war sie noch in ihr? Was, wenn sie Mira plötzlich verlassen hatte, als sie eine halbe Stunde nach diesem Ereignis plötzlich zitterte, fror und mit den Zähnen klapperte? Sie wird es nie erfahren, und es gibt keine Autorität auf Erden, die ihr sagen kann, was an diesem Abend geschehen ist. Es geschah auf der spirituellen Ebene – war kein physikalisch, psychologisch oder emotional erklärbares Ereignis, deshalb wird sie es nie verstehen.

~

Als spät am Abend der Arzt vorbeikam, um ihn für tot zu erklären, und ihre Hand ergriff und sagte: *Mein Beileid zu Ihrem Verlust*, und sie mit dieser neuen, freudebringenden und liebevollen Seele in sich dastand, hätte sie beinahe gelacht über das merkwürdige Wort, das er verwendete: *Verlust*.

Wenn Mira an den Tod ihres Vaters denkt oder an die wenigen Tage seines Sterbens, kehren bestimmte Elemente immer wieder zurück: sein Schlafzimmer, der Geruch seines Körpers unter den Decken, wenn er die Beine bewegte und die Luft herausdrang und sie eine Art Kot roch, die sie nie zuvor gerochen hatte, intensiv und durchdringend, ein Kot, der zugleich Teer war. Sie erinnert sich an die Dunkelheit seines Zimmers, eines Zimmers, das sie kannte: die Bücherregale, den Schreibtisch neben dem Bett und den Sessel davor, auf dem sie in dieser Woche bisweilen saß. Daran, wie ihr Onkel rückwärtig mit Pappe verstärkte Drucke von Gemälden in die Fenster gestellt hatte, um das Licht zu dämpfen, und an ein grünes Handtuch, das er dort mit Klebeband befestigt hatte. Woher hatte er das Band? Sie erinnert sich an ein pinkfarbenes Handtuch auf dem Boden vor dem Bett, auf das ihr Vater seine Füße stellte, und an den Badezimmerläufer, den sie geholt und schließlich an die Stelle des Handtuchs gelegt hatte; er war flauschiger, wärmer und rutschfest. Ihr Onkel glaubte, ihr Vater würde die Veränderungen nicht gut finden, aber das tat er. Nein, das Handtuch auf dem Boden war nicht pink gewesen. Es war grün. Farben sind wichtig. An Farben erinnert man sich schlecht.

Da war der Geruch der Bienenwachskerze, die sie online bestellt und die auf dem kleinen schwarz-weiß gesprenkelten Teller ständig gebrannt hatte. Da war das dunkle Gelb der Kerze. Da war das rosafarbene Glas der von zu Hause mitgebrachten Duftlampe mit ihrem Geruch nach frisch gewaschenem Leinen, der irgendwann zu stark wurde, als dass man sie hätte brennen lassen können. Unter diese Gerüche mischten sich die des Zimmers, der Todesgeruch ihres Vaters und sein schwerfälliges Atemgeräusch, das sie jedes Mal vermisste, wenn sie den Raum verließ. Es klang wie das Meer oder ein Boot auf dem Meer, mühselig, knarrend, rhythmisch, schwer. Ihn kostete das Atmen Mühe, doch sie liebte das Geräusch, das sie zugleich schmerzte und in Trance versetzte. Jedes Mal wenn sie hinunterging und zu lange blieb, sehnte sie sich danach. Es zeigte, dass er noch lebte, und es war das letzte Geräusch, das er von sich gab. Obwohl das allerletzte Geräusch gar keines war – das Geräusch des Atemzuges, der nicht mehr kam.

~

Je mehr sie an das weinrote Licht der Abende in diesem Zimmer denkt und an das flackernde Kerzenlicht, desto sicherer weiß sie, dass die Farbe in diesem Zimmer wiedergab, wie sie sich alle fühlten, und dass Farbe nicht nur eine Welt abbildet, sondern vielmehr auch die Gefühle in einem Raum und die Bedeutung dieses Raumes in der Zeit, denn in dieser Farbe starb ihr Vater. Sie hatte sie nie zuvor gesehen. Sie war die Todesfarbe ihres Vaters.

In den Tagen, bevor ihr Vater starb, spürte sie, wie alle Erinnerungen an ihn verflogen; alles, was er je gesagt hatte, war weg. Sie dachte: *Ach, das Leben ist so blöd, alles bedeutungslos, nichts, was wir unternehmen, bleibt, also warum das Ganze?*

An diesen letzten Tagen, die er meist bewusstlos zubrachte, bisweilen bei schwachem Bewusstsein, bisweilen ihre Hand drückend, spürte sie, wie kostbar es war, mit ihm in einem Raum zu sein, und sie wünschte, sie hätte es öfter getan, wäre in sein Haus gekommen, ohne irgendein Gespräch zu erwarten, nur einfach, um mit ihm in einem Zimmer zu sitzen. Plötzlich verstand sie, wie sehr er das gebraucht hatte, und nun verstand sie auch, wie kostbar es war und wie einsam er gewesen sein musste, weil er nicht genug davon bekommen hatte, und jetzt wollte auch sie nur noch das, und sie würden es nie wieder erleben.

Halt deinen Verstand unter Kontrolle, ermahnte sie sich in seinen letzten Stunden und Tagen streng und ernsthaft. Sie wusste, sein Tod würde sie in die Zukunft entlassen, und sie wollte, dass es eine erträgliche wurde. *Halt deinen Verstand unter Kontrolle*, ermahnte sie sich, damit sie nicht den abgrundtiefen Weg in Schuldzuweisungen und Verzweiflung beschritt. Wie lauteten die Worte, die ihr einfielen, als sie im Dunkel seiner letzten Tage bei ihm lag? *Denn es gibt nichts Gutes oder Schlechtes, es sei denn, wir denken es uns so.*

In der Woche, in der ihr Vater im Sterben lag, schienen ihr ausschließlich Kunst und Literatur bedeutsam zu sein. Während die Leute starben, würden die Seelen großer Künstlerinnen und Künstler fortleben; ihr Werk wäre niemals vergänglich, deshalb konnte man ihnen immer nahe sein. Die Kunst würde uns nicht verlassen wie ein sterbender Vater. Auf eine Weise wäre sie ewig. Künstler offenbarten sich in der Kunst, nicht in der Welt, deshalb würden ihnen die Menschen dort immer begegnen können. Sie konnten sich jederzeit an Bücher wenden, um sie darin zu finden, diese brennenden Seelen und ihre Worte, so leuchtend wie am Tag der Niederschrift. Wie sehr Mira Künstler liebte! Wie sie Bücher liebte, als sie neben ihrem sterbenden Vater im Bett lag. Dort erkannte sie, wie großartig Kunst war und wie treu; wie treu Bücher waren, wie kraftvoll, Orte, an denen man sich sicher fühlen konnte, abgeschieden von der Welt und doch geborgen in einer anderen, die niemals verblassen würde und Kriege, Massaker und Überschwemmungen, ja die ganze menschliche Geschichte überstehen konnte, ohne ihre seelische Integrität preiszugeben. Ein Schriftsteller konnte seine Seele in Worten verankern, sodass die Schriftstellerseelen wie kleine Tröpfchen Öl auf dem Meer des Lebens schwammen. Man konnte zwar das Wasser nicht sehen, aber man sah diese Tropfen, klar abgegrenzte kleine Kreise, elastisch und vollkommen. Sich in einer Welt aufzuhalten, in der Schriftstellerinnen und Schriftsteller einst gelebt und so wunderbar geschrieben hatten – das bedeutete, dass dort etwas Echtes zu finden war. Die Kunst war Mira immer am wichtigsten gewesen, und auch ihr Vater war ihr wichtig gewesen, nur erkannte sie jetzt, warum sie keine Tochter geworden war, wie er sie sich gewünscht hatte, denn die Kunst hatte ihr mehr bedeutet als irgendein Mensch, auch als ihr Vater. Die Liebe zu ihrem Vater war groß, aber die zu Büchern war größer. Hatte er das gewusst? Einmal hatte er sie egoistisch genannt. Sie wusste, dass sie ihren Vater mehr geliebt hatte, als andere Menschen das tun. Aber sie liebte eben auch etwas, das über ihren Vater hinausreichte. Das hatte weder ihr Vater erkannt noch sie selbst, und sie hätten es auch nicht verstehen können. Sie erkannte es jedenfalls erst, als er neben ihr im Sterben lag. Da erst, im Bett mit ihm, ihren Arm auf seiner Brust, die sich in diesen verbleibenden Tagen noch hob und senkte, während sie auf sein Bücherregal mit allen sechs Bänden von Churchills Memoiren starrte, ging ihr diese grundlegende Wahrheit über die Natur ihrer Liebe auf und auch, dass unterhalb dieses Grundes kein weiterer Grund lag.

Seine Seele war schlau wie ein Fuchs; wie sie sich in sie eingeschlichen hatte – klammheimlich und verstohlen wie ein Fuchs. Manchmal spürt Mira noch, wie sie in ihr herumschleicht. Seine Seele in sich zu haben wie den klügsten und jüngsten Fuchs bereitet ihr große Freude! Sie ruht, wann sie will, bewegt sich, wann sie will, bringt ihre Tage in ihr zu. Ihr Vater hatte ihr so viel geschenkt, da war es nicht überraschend, dass er weiterhin gab, selbst im Augenblick seines Todes. Sein Leben lang hatte er ihr von seinem Leben abgegeben, und selbst im Tod schenkte er noch, wie in dem Märchen, in dem ein armer Mann aus einem leeren Leinensäckchen eine Handvoll Juwelen, Smaragde und Saphire zieht. Genauso war es mit seinem Körper – dem leeren Sack –, aus dem die hell funkelnden Sterne gezogen wurden, die seine Seele ausmachten.

Sie hatte ihn beim Sterben in den Armen gehalten, und die Wärme, die sie erfüllte, war seine Seele, die sie durchdrang, sich in ihrem innersten Dunkel in Form von unbegrenztem, explodierendem Licht ausdehnte.

Aber sie kennt die Regeln der Seelenwelt nicht, deshalb wird sie das nie erklären können.

In den Wochen nach seinem Tod kehrte sie in Gedanken immer wieder dahin zurück, aber sie konnte das Ereignis genauso wenig nachempfinden, wie sie physisch in die Vergangenheit hätte zurückkehren können. Sich vernünftig daran zu erinnern war unmöglich, was letztlich hieß, dass sie erst wissen würde, ob seine Seele wirklich in sie eingetreten war, wenn sie sich dadurch verändert hätte.

Aber woher weiß sie, ob die Seele sie verändert hat oder ob sie selbst einfach so dringend anders sein will, dass sie sich seit diesem Ereignis etwas vormacht?

Und doch fühlt sie sich nun so, wie sie sich immer hat fühlen wollen, als wären all ihre betrüblichen Mängel und Defizite ausgeglichen, ihre seelischen Leerstellen gefüllt. Ihre Leiden, ihre Dummheiten, ihre totale Unfähigkeit, die keine Anweisung oder Ermahnung an sie selbst, kein Älterwerden oder Lernen jemals korrigieren konnten – die Seele ihres Vaters hat diese leeren Räume gefüllt wie Wasser eine halb leere Tasse, oder einen ganzen Tisch voll halb leerer Tassen. Warum? Vielleicht entweder weil dies das letzte Geschenk war, das ihr Vater ihr in seiner Großherzigkeit gemacht hat; oder weil das Universum es von Anfang an so eingefädelt hat, dass ihr Leben durch die Hinzufügung der Seele ihres Vaters, die all die ihr fehlenden Gaben und Weisheiten mit sich brachte, ausgefüllt und ganz wird.

Die Gaben der Geduld, des Durchblicks und der Abgeklärtheit.

Die Gaben des Schweigens, der Zurückhaltung und der Freude.

Am nächsten oder übernächsten Tag nach seinem Tod sah sie die ersten Schneeflocken vom Himmel fallen. Niemals hatte sie größere seelische oder geistige Ruhe empfunden. Die Aktivitäten der Welt kümmerten sie nicht mehr. Sie fühlte sich mit niemandem in Konkurrenz.

Früher empfand sie zu viel, wenn sie draußen war: den kalten Atem des Universums, der ihr in Gesicht und Nacken blies. Sie hielt sich lieber drinnen auf, doch nun, da ihr Vater fort ist, zieht sie das Draußensein vor, weil sie die Gesellschaft braucht. Sie braucht den Atem des Universums, denn nie wieder wird sie den ihres Vaters spüren. Doch draußen spürt sie alles atmen, und der Atem der Welt ist der ihres Vaters – falls es so etwas wie einen Vater überhaupt gibt.

Das bezweifelt sie nämlich. Sie hält es für eine Illusion, denkt, man habe ihr lediglich gesagt: *Dies ist dein Vater.* Nun, da er fort ist, liegt auf der Hand, dass es nur Worte waren; denn wenn sie jetzt ohne Vater existieren kann, könnte sie es auch vorher getan haben – weil sie nicht sein Kind ist, sondern nur mit Seele erfüllte Materie, die ihr das Leben ermöglicht. Wenn sie jetzt ohne ihren Vater existieren kann, könnte sie es schon immer getan haben; dann brauchte sie keinen Vater und auch keine Mutter, um zu leben. Nötig war nur die Seele, die ihrem Fleisch eingehaucht wurde. Folglich funktioniert unsere Beziehung zu anderen nicht so, wie wir denken. Erst unsere Beziehung zur Seele macht uns lebendig. Die Wolken haben keinen Vater und leben dennoch. Die Bäume haben weder Vater noch Mutter und sind doch so lebendig wie wir.

Nachdem ihr Vater gestorben war, überrollte sie das Leben, wie um sie daran zu erinnern, dass es weniger Leben nicht geben, dass man nicht einfach auf Entzug gehen kann, dass das Leben rast und endlos weitergeht, auch wenn dein Vater tot ist.

Gelegentlich, aber nicht, wenn sie raucht, spürt sie noch seine Seele in sich, funkelnd in ihrer Brust wie die hellsten Sterne. Sie spürt auch, was diese Sterne jeweils beruhigt oder still werden lässt. Nichts bringt sie so zum Tanzen wie Einsamkeit. Bei größter Zurückgezogenheit tanzen sie aus purer Freude.

~

Wenn die Seele eines Vaters in die Tochter eintreten kann, treten sicherlich überall auf der Welt Seelen in andere Körper ein, wenn jemand stirbt. Also besteht immer die Chance, dass von einem Leben eine zweite Version entsteht, denn ein sterbendes Wesen zu verlassen und sich mit den Lebenden zu vermischen stellt stets alles auf den Kopf. Immer besteht die Chance, dass du und diese Seele von vorn anfangt, dass ihr in ein neues Leben hineingeboren werdet.

In wen wird ihre Seele fahren, wenn sie stirbt, falls überhaupt in jemanden? Doch selbst wenn nicht, wäre es ihr egal. Bevor die Seele ihres Vaters in sie eintrat, hielt sie einen Moment in der Luft zwischen ihnen inne, wo sie gereinigt wurde, und was dann in Mira eindrang, war die reinste Liebe und Euphorie. Das spritzte ihr das Universum in die tiefstliegenden Zellen oder in das, was noch darunter liegt.

Wenn sie jetzt draußen herumläuft, zittern ihr die Hände, und auch ihr Herz zittert und bebt, genau wie ihre Brust, weil die ganze Welt ihren Atem auf sie bläst, und sie hatte vorher nicht gewusst, dass alles so lebendig war. Sie hatte nicht gewusst, dass sie ihr Leben lang umweht von der Seele herumgelaufen war, die allem innewohnte, und dass die ganze Welt – Bäume, Brisen, Blätter, Luft – genauso lebendig gewesen war wie ihr Vater. Da sie sich des Lebens ihres Vaters so bewusst gewesen war, hatte sie nicht genügend darauf geachtet, wie lebendig der Rest war. Sie hatte zu sehr auf ihn geschaut. Ihr ganzes Leben lang hatten Brisen ihre Wangen umweht, doch das gehörte zu den Dingen, die ihr nicht aufgefallen waren. Sie hatte nicht verstanden, dass die Seele, die dem Körper ihres Vaters zum Leben verhalf, allen Körpern zum Leben verhalf. Bäume und Himmel waren keine Kulissen für das Leben, sondern ein Teil von ihm. Sie dachte: *Ich bin die Tochter von allem*, doch dann dachte sie: *Nein, ich bin nicht die Tochter von allem. Es gibt keine Töchter auf der Welt.*

Nachdem seine Seele in sie eingetreten war, kamen ihr manche Dinge grässlich und abscheulich vor: Zigaretten, diese Phiole Marihuanaöl, Alkohol weniger als Zigaretten, aber auch Alkohol schmeckte abscheulich. So vieles kam ihr furchtbar vor, wie eine Beleidigung ihrer neuen seelischen Verfassung, auf die die Drogen eine betäubende Wirkung hatten. Trotzdem begann sie, Kaffee zu trinken, die Nachrichten zu lesen und gelegentlich eine Zigarette zu rauchen, obwohl sie sich bewusst war, dass all das ihre Seele betäubte.

In den frühen Träumen, in denen ihr Vater von den Toten zurückkehrte, hatte sie Angst um ihn und auch um sich selbst. Zugleich war sie bestürzt. In der Welt dieser frühen Träume, so verstand sie es, war das Beste und einzig Gute am Tod, dass er final war. Dass man mit dem Tod nicht verhandeln konnte, war seine einzige Gnade, seine einzige Befreiung.

In diesen frühen Träumen kehrte ihr Vater von den Toten zurück, nur um ihr zu zeigen, dass er heraushatte, wie das ging, eine stolze Demonstration einerseits und andererseits ein weiterer Beweis für die Dummheit der anderen, die nach ihrem Tod nicht einmal versuchten zurückzukehren. Sie gehorchten der Konvention – im Tod wie im Leben –, während er, der Konventionen immer in den Wind geschlagen hatte, ins Leben zurückgekehrt war, um ihr zu zeigen, dass nur gesellschaftliche Normen andere in ihren Gräbern festhielten.

Das jagte ihr richtig Angst ein. Wusste er nicht, dass er feuerbestattet worden war? Vielleicht hatte aber nur sie nicht richtig verstanden, was kremieren bedeutete.

In diesen Träumen wusste sie nicht, was sie mit ihm anfangen sollte. Sie ahnte, dass er einen Fehler machte, und fürchtete, sein zweiter Tod würde schlimmer sein als sein erster. Sie wusste, es oblag ihr, ihm zu sagen, dass er tot war, aber würde er ihr glauben? Würde er zornig werden? Ihrem Vater, der sich schon im Leben geweigert hatte, wie ein erwachsener Mensch zu handeln – der sein Leben lang darauf bestanden hatte, dass er noch ein Kind war –, konnte man niemals auftragen, sich wie ein Toter zu benehmen. Derlei Konventionalität – ihr Wunsch, dass er sich wie andere Menschen verhielte und stürbe – hätte ihn empört.

In der ersten Version ihres Zusammenlebens hatten sie stets zwischen Anziehung und Abstoßung geschwankt, zwischen Nähe und der Sehnsucht danach, sich aus ihr zu befreien, und keiner von ihnen war fähig gewesen, diese missliche gleichzeitige Nähe und Ferne zu justieren oder zu verstehen, welche Distanz angemessen gewesen wäre. Dann waren sie in ein und demselben Körper, in ihrem. Oder waren es einen Moment lang gewesen. Sie hatte gespürt, wie sich seine Seele in sie ergoss, als wäre das ganze Universum in ihr gekommen, und dann, wie sie sich überall in ihr ausbreitete, so wie sich Sperma ausbreitete, dieses warme, durchdringende Gefühl. Nur war dieses Gefühl eben noch wärmer und alles durchdringender gewesen, und der Friede nach einem Orgasmus war nichts im Vergleich zu dem Gefühl des Friedens, das nach seinem Tod von ihr Besitz ergriff. Und der Friede, der von seinem Körper Besitz ergriff, war ebenso vollkommen. Kein Frieden ist vollkommener als der zu sterben. Es ist das Ende deiner Geschichte, und es ist dein Ende. Für die Lebenden gehen die Geschichten weiter. Ein Kampf bis zum Tod, und immer gibt es Probleme zwischen den Menschen, und selbst unsichtbar existieren sie weiter. Am Leben zu sein ist ein Problem, das nicht durch Leben gelöst werden kann. Das Ich wird ständig bewegt wie Blätter an den Bäumen. Die Blätter zittern und beben wie wir. Niemand kann aufhören zu zittern und zu beben, das ist die Essenz des menschlichen Daseins. Aber dem, der tot ist, droht keine Gefahr mehr. Seine Probleme mit anderen sind ausgestanden.

Sie hat sich nicht die Zeit genommen zu erforschen, ob ihr die Seele ihres Vaters noch innewohnt, aber – *oh, da! Sie kann sie spüren! Sie steigt in ihrer Brust auf!* Sie war nicht verschwunden, aber sie schlief, ruhte, wartete darauf, gerufen zu werden! Sie kennt sich in Mira noch nicht aus. Sie weiß noch nicht, wo in ihrem Körper sie sich aufhalten will. Mira wird ihr helfen müssen – das Rauchen aufgeben und in ihre Brust schauen, wo diese neue Seele wächst und gedeiht. Wenn sie spürt, dass Mira nach ihr schaut, überkommt sie schon allein deshalb Freude, weil sie wahrgenommen wird – genau wie ihren Vater, wenn Mira ihn besuchen ging oder anrief. Jedes Mal war er so froh, sie auch nur zu sehen. Auf die gleiche Weise ist seine Seele froh, sie in der Nähe zu haben. Vielleicht hatte ihr Vater diese Nähe zu Mira schlicht deshalb gesucht, weil seine Seele es wollte, denn in Mira lebte deren Verwandte, doch solange er am Leben war, trennten sie zwei separate Körper. Dann, endlich, wurden sie vereint.

War etwas falsch daran, dass die Seele ihres Vaters nach seinem Tod in sie eindrang? Verstärkte es, was sie zuvor schon vom Leben abgehalten hatte? Das Leben in ihm hatte sich immer mit ihr vereinigen wollen, und im Tod tat es das endlich. Jahrelang hatte sein Verlangen, ihr nah zu sein, ein gewisses Problem dargestellt, doch im Tod hatte es sich in das Allerschönste überhaupt verwandelt. Im Leben hatte er ihr sein ganzes Leben geschenkt, und das war ein Problem gewesen. Im Tod hatte er ihr geschenkt, was von seinem Leben übrig war, und das war das Allerschönste.

Vielleicht können wir nur im Moment unseres Sterbens in vollkommener Schönheit und Schlichtheit schenken, denn das ist die einzige Art zu schenken, die kein Gegengeschenk erfordert. Wenn man tot ist, kann man keines mehr annehmen, aber im Leben besteht immer die Hoffnung, dass man etwas zurückbekommt. Ihr Vater hatte sie bereits im Leben so beschenken wollen, wie er sie im Tod beschenkte, so vollkommen uneigennützig. Und das hatte er, das hatte er. Hatte er nicht, hatte er nicht.

Vielleicht mag Mira es deshalb nicht, andere zu lieben. Vielleicht mag sie es deshalb nicht, von anderen geliebt zu werden. Bloß weil es Liebe ist, musst du es doch nicht mögen? Musst du es etwa für immer haben wollen, bloß weil es Liebe ist? Vielleicht hat Mira kein Herz. Vielleicht kommt und geht das Herz. Vielleicht beschützt ihr Herz sie vor Schmerzen. Vielleicht fängt es erst später an zu arbeiten. Vielleicht ist es vor langer Zeit müde geworden, zusammengebrochen und am Straßenrand liegengelassen worden. Vielleicht wird es eines Tages wieder zu fühlen beginnen. Vielleicht sind ihm die Gefühle ausgegangen. Allem kann alles ausgehen. Einem Gedanken können die Worte ausgehen.

Über dein eigenes Herz zu urteilen ist das Letzte, was du brauchst, doch das Erste, was du tust. Herzen urteilen gern voreilig über sich. Sie sollten Besseres zu tun haben. Haben sie aber nicht.

Am Tag nach dem Tod ihres Vaters sah Mira ein, dass sie ihr ganzes Leben aufgeben, dass sie einfach davonlaufen könnte, und es würde keine Rolle spielen. Er hatte seines aufgegeben, also konnte sie es auch. Als sie ihm beim Sterben zusah, verstand sie, dass es keinen Grund gab, sich vor irgendetwas zu fürchten. Weder vor dem Leben noch vor dem Sterben konnte sie sich noch fürchten. Und ihr Vater, der das Leben wirklich geliebt hatte, vermittelte ihr auf dem Sterbebett: *Das alles spielt keine Rolle.*

Hatte er auf seinen Tod hinarbeiten müssen? Er schien hineinzugleiten wie in ein Schwimmbecken, langsam, aber entschlossen, im Wissen, dass es in Ordnung ging. Von einem gewissen Punkt an wollte er dorthin, also tat er es, glitt einfach hinein, bis er ganz untergetaucht war und nicht mehr an die Oberfläche zurückkonnte. Sie wusste, eines Tages würde der Tod auch sie finden, so wie er ihn gefunden hatte – davor musste man sich nicht fürchten, darüber musste man nicht traurig sein, denn es würde immer etwas Größeres, Umfassenderes geben, das dich in den Armen hielt, etwas Größeres sogar als eine liebende Tochter. Du würdest von den Armen des Universums gehalten, aber du *wärst* auch dessen Arme. Sollte sie sich also davor fürchten, zum Blut und zu den Nervenimpulsen des Universums zu werden?

~

Endlich fand sie Frieden, als sie ihn dort im Bett umschlungen hielt. Was sie niemals getan hätte, wenn er nicht gestorben wäre – einfach nur im Bett mit ihm liegen und ihn mit ihren Armen wärmen. All die Komplikationen der modernen Psychologie hatten ihr das verwehrt, selbst den Gedanken daran, es zu wollen. Ihr einsamer Vater, der außer Mira keine Frau hatte.

Danach vermisste sie dieses Beisammensein mit ihm als Sterbendem. Vermisste, ihn schwer atmen zu hören, seine schmale, glänzende Hand zu halten. Als sie in diesen letzten Tagen bei ihm im Bett lag, prägte sie sich ein, wie es sich anfühlte, ihrem Vater zu Lebzeiten nah zu sein, denn sie wusste, sie würde es nie wieder fühlen.

Gern wäre sie wochen- und monatelang an seiner Seite geblieben. In diesen Tagen gab sie alle anderen Menschen auf und alles, was ihr bedeutsam gewesen war. Nichts davon würde jemals wieder etwas bedeuten, glaubte sie.

Sie fühlte sich nur noch dazu berufen, neben ihm zu liegen, und das war das Wichtigste. Sie war nichts als ein Körper neben einem anderen Körper. Während er noch lebte, hatte sich das nicht wichtig angefühlt. Wie war ihr diese Erkenntnis nur entgangen?

Dann kommt der nächste Tag, und das besagt, dass es einen übernächsten geben wird. Und doch fühlt sich ihr Leben nunmehr an wie ein einziger Tag, einer, an dem sie zugleich einen und keinen Vater hat. Da ist keiner, den sie anrufen kann, obwohl sie hundertmal am Tag denkt: *Ich sollte ihn wirklich anrufen.* Da ist keiner, den sie besuchen, für den sie etwas tun kann.

Eine Tochter zu sein bedeutet, sich zu krümmen, die Hälfte einer Kugel zu sein. Keine Tochter mehr zu sein bedeutet, ein Ganzes zu sein, eine eigene Kugel. Aus ihrer Kugel heraus kann sie andere Menschen deutlicher sehen als zuvor. Sie wirken jetzt weicher auf sie. Das liegt nicht daran, dass sie um ihre Sterblichkeit weiß, sondern dass sie jetzt über die Zeit und die Fähigkeit verfügt, sie tatsächlich zu sehen, im Gegensatz zu vorher, als sie eine Tochter war, die einen Vater hatte und aus ihrer gemeinsamen Kugel nach draußen blickte. Da standen andere Menschen immer im Hintergrund ihres Vaters. Sie waren nicht so wichtig wie er. Sie brauchten Mira nicht so sehr wie er. Ohne ihn sieht sie nun andere Menschen wie zum ersten Mal. Sie sind nicht mehr bloß *nicht ihr Vater* – so wie vorher, als ihr das nicht einmal gedämmert hatte.

Wochenlang verbrachte sie Stunde um Stunde im Bett und spielte nur das Juwelenspiel auf ihrem Telefon. Das Spiel war einfach und schön, und sie fand, dass sie es sehr gut spielte. Bei jeder Partie dachte sie: *Nach diesem Spiel legst du das Handy aber weg und machst was anderes*, aber sie legte es nie weg und machte auch nie etwas anderes. Sie spielte einfach weiter das Juwelenspiel. Sie dachte: *Geht in Ordnung, mach dir keine Sorgen, du wirst das Juwelenspiel schon nicht in alle Ewigkeit spielen.* Aber was, wenn sie es *doch* tat?

Während sie Juwel auf Juwel stapelte, dachte sie über ihr ganzes Leben nach. Das tat sie sehr gemächlich. Sie spürte, wie ihr Gehirn herunterschaltete, sich klärte und fokussierte. Juwelen zu sortieren beschäftigte den nervösen Teil ihres Gehirns und ersetzte die Nervosität durch das angenehme Gefühl, beim Abräumen der Juwelen gute Arbeit geleistet zu haben. Während die Juwelen verschwanden, fühlte sie sich, als schüfe sie im Universum Ordnung. Während sie Juwelen sortierte, fragte sie sich: *Ist es nicht an der Zeit, Teil der Welt zu werden?*

Welcher Welt? Schließlich war die Welt dort, wo sie lebte, genauso stimmig. Ihr Bett war genauso Teil der Welt wie alles darum herum. Die Welt umschloss auch ihr Telefon, ihr Bett und diese Juwelen. Die Welt umschloss auch sie und was sie da tat. Wie konnte sie jemals *stärker* an ihr teilhaben? Also räumte sie weiter die Juwelen ab, bestärkt darin, dass sie nirgendwo hinmusste.

Eines Nachmittags hörte sie auf zu weinen, nahm einen Anruf entgegen, setzte sich auf und sprach eine halbe Stunde lang mit ihrem Onkel. Der große Hund ihrer Mitbewohnerin lag schlafend auf dem Sofa, wo Mira eben noch auf ihm gelegen hatte. Als sie auflegte, ließ sie sich auf den Hund zurücksinken, legte ihre Wange an seinen Rücken und stellte überrascht fest, dass sein Fell nass war von ihren Tränen.

Sie weiß nicht, warum sie einen so großen Teil ihres Lebens mit dem Nachdenken über triviale Dinge oder mit dem Betrachten von Websites verbracht hat, wenn direkt vor ihrem Fenster ein mitnichten trivialer Himmel war. War es falsch von ihr, nicht verstanden zu haben, dass der Himmel mehr wert war als eine Website? Früher schätzten die Menschen den Himmel, aber nur, weil sie nichts Besseres hatten – weil sie keine Websites hatten. Schwer zu sagen, was richtig war: Entweder war der Himmel mehr wert als eine Website, oder die Website war mehr wert als der Himmel. Wenn sie verglich, wie viel Zeit sie mit Websites und wie viel sie mit dem Himmel verbracht hatte, gab ihr Leben eine klare Antwort darauf, was für sie wertvoller war.

Sie und ihr Vater werden nie wieder gemeinsam vor einer Kinoleinwand sitzen, und der Gedanke, sich nie wieder mit ihm einen Film anzuschauen, lässt sie ihn so unerträglich vermissen, als hätten sie nie etwas anderes getan, als wäre dies ihre gemeinsame Lieblingsbeschäftigung gewesen. Wirklich? Vielleicht schon.

Damals war ihr das nicht bewusst gewesen, aber jetzt ist klar, es *war* ihre Lieblingsbeschäftigung. Warum waren sie nicht häufiger im Kino? Wahrscheinlich lief nicht immer ein guter Film. Wahrscheinlich hatte sie «zu tun».

Sie hatte gedacht, wenn jemand starb, sei das, als wäre er in ein anderes Zimmer gegangen. Sie hatte nicht gewusst, dass sich das Leben selbst in ein anderes Zimmer verwandelte und dich darin ohne den anderen einschloss.

Sie wollte, dass ihr Vater erfuhr, wie schlecht sie sich fühlte. Sie wollte den Schmerz nicht überwinden. Sie brachte nicht die Kraft auf, das Beste daraus zu machen. Sie sah nicht ein, wozu es gut sein sollte, in einer Welt, die sich anfühlte, als wäre ihr jede Orientierung, jede Führung und jeder Sinn entzogen, das Beste aus etwas zu machen. Für wen würde sie das Beste daraus machen? Für *sie selbst*? Sie selbst war ihr egal. Für ihren nicht mehr anwesenden Vater? Für die Lebenden? Die Toten bedurften ihrer Liebe, den Toten gegenüber wollte sie loyal sein, die Toten brauchten sie am dringendsten. Die Lebenden kamen schon allein klar, die konnten in all dem Sonnenschein in den Lebensmittelladen gehen. Die Toten musste man festhalten, damit sie einem nicht entglitten. Wer bewahrte die Toten vor dem Vergessen, wenn nicht die Lebenden? Sie würde ihren Vater in alle Ewigkeit festhalten müssen, damit er ihr nicht entglitt.

Wenn sie in diesem Winter durch ihr Viertel lief, sah sie die roten, grünen, weißen, blauen, violetten und gelben Punkte der Weihnachtslichterketten, die über den Veranden und in den Bäumen in den Vorgärten der meisten Nachbarn aufgespannt hingen. Mit ihren bescheidenen Lämpchen schimmerten sie wie die schönsten Sterne; die Kabel waren verdreht, verschlungen und – offensichtlich – aus Plastik, aber sie schimmerten wie die Seelen von Millionen längst Verstorbener. Dass Menschen danach war, in der Weihnachtszeit einen Baum mit Lichtern zu schmücken, ließ sie denken, dass uns die Ahnung von der Existenz einer anderen Sphäre noch nicht ganz und gar verlassen hatte; dass die Menschheit immer noch etwas empfand; dass es noch etwas zu verehren gab. Die Leute wollten sich und ihre Nachbarn mit diesen albernen kleinen Verzierungen in eine gehobene Stimmung versetzen – was ihr, im Winter, in dem ihr Vater gestorben war, viel bedeutete. Halb erstickt vor Dankbarkeit über diese winzigen leuchtenden Seelen, die Bäume und sackende Veranden schmückten, lief sie durch die Nachbarschaft. Die Menschen wussten Bescheid! Sie erinnerten sich! Diese Lichter sprachen von unserem Wissen um eine andere Welt, die Welt hinter dieser, die Seelenwelt. Niemand dachte daran, aber trotzdem wussten sie es. Das Allerschönste hatten die Menschen nicht verloren: den sehr zarten, tastenden Sinn für das Verborgene, Überwältigende, Göttliche. Niemand redete davon, aber da, vergraben in ihren Herzen, war er. Diese über all die Bäume gespannten Lichterketten bewiesen es. Wir wussten so wenig darüber, wer wir waren oder was wir hier machten, aber diese kleine Geste sprach so gefühlvoll von unserem Unwissen, unserer Hoffnung, unserem Gespür dafür, dass wir in Verbindung zu etwas standen, das wir alle teilten – nämlich zu ebendiesem Unwissen, das so überwältigend, schwindelerregend tief war. Das war ihr verlässlichster Trost in diesen Wintermonaten, als ihr Herz bloß lag. Es war das Einzige, was sie wärmte. *Ich fand die immer billig*, sagte eine Frau bei einer Party. *Ja klar*, erwiderte sie. *Ich auch*. Sie hätte gern erklärt, dass sie die Lichter nun endlich verstand und hinter der Billigkeit ihre tiefere Schönheit sah. Aber wie konnte sie zum Ausdruck bringen, was sie meinte? Dass die Leute auf jedem Baum und an jedem Hauseingang diese hell funkelnden, farbenfrohen Seelen platziert hatten und ihr so zeigten, dass sie um all die farbenfrohen, funkelnden Seelen der Toten wussten, die sich überall um uns herum, in der Luft und in den Bäumen, aufhielten. Diese hellen, blitzenden, aus der Dunkelheit leuchtenden Lichtpunkte waren all ihre Vorfahren und nunmehr auch ihr eigener Vater und alle, die jemals geboren und gestorben waren. Wir haben ihre Symbole im Wissen über ihr Leben und Sterben über unseren Häusern aufgehängt und sind erleichtert, sie nahebei aufblitzen zu sehen, für immer um uns.

Nur ein einziges Mal in ihrem Leben, nämlich als sie mit ihrem sterbenden Vater im Bett lag, hielt sie sich wirklich dort auf, wo sie war, und nicht zugleich in der Phantasie an einem Ort, an dem sie lieber gewesen wäre. Damals, als die Seele ihres Vaters in sie eindrang, fühlte es sich an wie die einzige echte Erfahrung ihres Lebens, denn das hatte sie weder erfunden noch herbeigeführt.

Und sie wusste, wenn es einen Moment gäbe, den sie wieder und wieder erleben müsste, würde sie diesen Moment wählen, und alles andere konnte ihr gestohlen bleiben.

DREI

Jahrzehnte zuvor, an einem schönen Sommertag, hatte sie mit ihrem Vater auf einem Baumstamm am Wasser gesessen und sich vom Sonnenschein wärmen lassen. Was hoffte sie zu finden, wenn sie jetzt an diesen Ort zurückkehrte? Sie wollte nur ein bisschen Frieden im Herzen. Sie fragte sich, ob es sie aufmuntern würde, doch als sie dann dort saß, kehrte das gute Gefühl von früher nicht zurück, nur das ihres Versagens, die Dinge zwischen ihnen in Ordnung zu bringen.

Sie warf ihr Herz weg. Warf Verstand, Arme, Füße von sich und sich selbst mit Haut und Haar ins Wasser, in der Hoffnung, der See würde sie auffangen, sie retten, sie sich aufraffen und erquickt ans Ufer zurückkehren lassen. Er tat es nicht.

~

Sie ging ans Wasser hinunter, zog sich aus und lief hinein. Es war kalt. Früher hatte sie Angst gehabt, darin zu schwimmen. In ihrer Kindheit hatte man ihnen erzählt, das Wasser sei verseucht. Doch als sie älter wurden, sagten die Erwachsenen, nein, es sei nicht verseucht, das sei es nie gewesen.

Während die Sonne wie ein goldener Ball auf die Erde hinunterschien, musste sie eine Transformation durchlaufen haben, oder die Wellen hatten sie ans Ufer zurückgetrieben, unter einen Ast, wo irgendein Teil von ihr hinauf, -auf, -auf in ein Blatt gestiegen war.

Eines Tages würde der See die ganze Stadt überschwemmen, weil die Polkappen ins Meer schmolzen, und die gesamte Stadt, alle, die sie jemals ihre Freunde genannt hatte, dieser Baumstamm, dieses Blatt und alles andere würden zugrunde gehen.

~

Sie wurde in ein Blatt an einem Baum am See hinaufgezogen, der in einem kleinen Gehölz nahe dem sandigen Ufer stand. Der Stamm darunter war bei einem Sturm abgebrochen, dort angetrieben und liegen geblieben – sehr alt, zunächst mit Wasser vollgesogen, schließlich trocken; viele Menschen nutzten ihn über die Jahre als Sitzbank.

Auf diesem Stamm hatte sie mit ihrem heiß geliebten Vater gesessen. Sie hatten dagesessen und auf den See hinausgeschaut, hatten die Türme mit den Eigentumswohnungen emporwachsen sehen. Aber beim ersten Mal waren die Türme noch nicht da gewesen. Damals, vor langer Zeit, hatte es am Wasser nur Seegras und auf den Sand gespülte Limoflaschen gegeben.

~

Kaum war sie in dem Blatt, wusste sie, dass sie einen Fehler gemacht hatte. Sie hatte an einen besseren Ort gewollt, aber nun war ihre Seele in einem Blatt gefangen. Dass sie da hineinpasste, veranlasste sie zu der Frage, wie klein ihre Seele eigentlich sein musste, war sie sich doch ihr Leben lang sicher gewesen, eine große zu haben.

Sie war in dem Blatt gefangen, und ihr dämmerte, dass da etwas schiefgegangen war. Dort, unter ihr, spazierten Leute herum, die zu einem Blatt nicht aufsahen.

Und selbst wenn, wie hätte sie ihre Botschaft vermitteln können? Mit den anderen Blättern konnte sie sich nicht verständigen. Waren in ihnen auch Seelen gefangen? Wie viel einsamer war sie doch in dem Blatt, als sie als Mensch je gewesen war.

Bald fiel ihr nicht mehr ein, was für Probleme sie im Leben gehabt hatte. Was hatte sie so traurig und schuldbewusst werden lassen, dass in ein Blatt zu schlüpfen die Lösung gewesen war? Hinzu kam der Verdruss darüber, dass sie keine Beine und somit keine Möglichkeit mehr hatte, dieses neue Leben, diesen Aufenthaltsort im Universum wieder aufzugeben. Nun blieb ihr nichts anderes mehr übrig, als Sonnenlicht in Nahrung zu verwandeln, und nicht einmal das war besonders lustig.

Offenbar hatte man einen geheimen Wunsch frei, der einen dahin brachte, wohin man wollte. Auch sie hatte diesen Wunsch freigehabt, aber er war so geheim gewesen, dass sie nicht wusste, wie er lauten würde; sie wusste lediglich, wie er sich anfühlte. Der geheime Wunsch entpuppte sich als *Blatt*. Alles, was sie jemals gewollt hatte, lief auf *ein Blatt sein* hinaus, und es war ihr nicht einmal bewusst gewesen.

Als Blatt fand sie endlich ihre richtigen Dimensionen, und bald gewöhnte sie sich so daran, wie sie sich zu Lebzeiten niemals an ihre Dimensionen gewöhnt hatte. Das Problem zu Lebzeiten war immer gewesen, dass sie größer werden wollte, aber nicht gewusst hatte, wie. Sie konnte sich nicht an ihre wirkliche Größe gewöhnen. Sie kannte sie nicht einmal. Doch dort unter der goldenen Sonne fand sie es schließlich heraus: Sie war so groß wie ein Blatt. Hätte man ihr das in Kindertagen erzählt, hätte sie sich daran gewöhnen, ein einfaches Leben ohne großen Kampf leben und glücklich sein können, statt zu hoffen und zur Schule zu gehen. Doch die Liebe ihres Vaters hatte sie annehmen lassen, sie sei riesig, so gigantisch wie das Universum, und die anderen Menschen sollten davon erfahren. Was hatte sie schon erreicht mit all ihrem Ehrgeiz, diese Selbstüberschätzung als Wahrheit auszugeben?

Stattdessen hätte sie damit zufrieden sein können, sich einen Menschen auszusuchen, ihn zu lieben und mit ihm ein einfaches Leben zu führen, jemanden, der auch so groß war wie ein Blatt und nicht wie das ganze Ufer.

Vielleicht hatte sie damit schon den ersten Fehler gemacht: anzunehmen, sie könne sich ausdehnen wie ein Ufer, und ihren Vater darauf hoffen zu lassen, statt *Nein* zu ihm zu sagen. Er war so begeistert gewesen und in seiner Gewissheit, dass sie so groß sei oder sein könne wie das ganze Ufer, hatte er sie noch ermutigt. Er hatte viel Energie in sie investiert, und was hatte es ihm gebracht? Sie war ohne ihn in die Welt hinausgegangen, in der Annahme, das könne sie schaffen, aber sie hatte es lediglich geschafft, den Menschen, den sie liebte, auf eine merkwürdige Distanz zu halten. Hätte sie gewusst, dass sie nicht größer als ein Blatt war, hätte sie sich nicht mit solchen Bestrebungen abgegeben. Sie hätte ihr Bestes getan, klein zu bleiben.

Sie hatte nicht gewusst, dass Pflanzen jede Form von Bewusstsein dankbar aufnahmen – nicht nur menschliches, sondern auch das von Schnecken und Eichhörnchen; dass es ihre Großzügigkeit war, die sie so üppig werden ließ und grün, Farbe gewordenes Willkommen. War jeder Baum so durchsetzt mit dem Bewusstsein von Schnecken und Eichhörnchen und Menschen und Bienen? Und was wird im Herbst mit Mira geschehen? Wird sie dann wirklich tot sein? Nein, dann wird sie sich vielleicht in den Stamm des Baumes zurückziehen. Vielleicht macht dies Bäume so prachtvoll: dass ihr Stamm sogar noch großzügiger und aufnahmebereiter ist als ihr Laub. Er nimmt einfach alles auf. Irgendwann wird der Baum sie wieder hervorschlüpfen lassen, zurück in seine Zweige, wenn er im Frühling austreibt. Aber was, wenn er abgesägt wird? Vielleicht wandert sie dann in den nächsten Baum, den übernächsten und immer so weiter – bis in die Erde oder was auch immer davon übrig bleibt; Partikel von einer fernen Sonne.

Ist ihr Vater bei ihr in diesem Blatt? Das heißt, seine Seele – ist sie hier bei ihr? Sind sie und ihr Vater zusammen in diesem Blatt, oder ist sie ganz allein? Hat sich seine Seele, als sie im Moment seines Todes in ihren Körper eindrang, für immer mit ihrer verbunden oder ihn bald nach dem Eindringen wieder verlassen?

Kann sie ihren Vater in diesem Blatt entdecken? Jawohl. *Vater, bist du da? Wenn ja, kannst du mir antworten?*

Ihr Vater antwortet: Er ist hier. Aber er will nicht reden. Sein Friede ist vollkommener als ihrer. In Wahrheit heißt Friede, nicht zu sprechen. Will er denn nicht ins Leben zurück? Er hat es genossen, geliebt, jetzt ist es vorbei und gut so. Er will nicht ins Leben zurück. Da ist nichts mehr, wofür er leben könnte. Ihm gefällt es hier – in dieser Stille. Sein Leben als Mensch war so mühselig, wie es das menschliche Leben immer ist – die Mühsal der Körper und die der Menschen, dieser Nervensägen. Wer braucht das schon? Sie. Sie glaubt, es noch zu brauchen. *Vater, kommst du mit mir zurück?* Ihr Vater ist freundlich, aber er will nicht. Er wünscht ihr alles Gute, falls dies ihr Wille ist. Ist er es? Ja. Sie möchte wieder als Mensch leben. Möchte von vorn anfangen. Möchte jemandes Baby sein.

Ihr Vater sagt, so laufe es nicht. Höchstens wenn ein Baby unter dem Baum geboren wird. Aber was, wenn ein Baby unter den Baum geschoben wird, schlafend in der Karre? Kann sie dann nicht in das Baby schlüpfen? *O doch*, sagt ihr Vater. *Könntest du wohl. Solltest du aber nicht.*

Das weiß sie.

Schlüpf nicht in ein Baby, meint ihr Vater. Sie weiß, er hat recht.

Tot zu sein erfordert eine gewisse Disziplin. Die hatte sie nie im Übermaß. Ihr Vater verhält sich äußerst diszipliniert in dem Blatt, oder er will einfach nicht zurück.

~

Vater, brauchst du mich wirklich hier in diesem Blatt?

Er sagt Nein.

Warum bin ich dann hierhergekommen? Warum habe ich das getan?

Er antwortet nicht. Als sie das tat, war er schon tot. Er hat es nicht veranlasst.

Anfangs wollte ihr Vater still, schlicht, stark und für sich bleiben. Sie waren im selben Blatt, mehr nicht. Sie hatten einander entdeckt, aber aus der Entdeckung ergab sich nichts. Es war einfach Dasein, Eintönigkeit, und ein Gespür für die Nähe des anderen. Das wurde zwar gewürdigt, aber nicht besprochen.

Zu Lebzeiten muss immer einiges durchgemacht werden, um Nähe zwischen zwei Menschen herzustellen. Aber in einem Blatt kommt Betrug nicht infrage, also auch kein Vertrauen. Da waren sie nun zusammen, tagein, tagaus, in ihrem Blatt.

Als die Rastlosere versuchte immer sie es mit Gesprächen. Zunächst wollte er nicht recht mitmachen. Er sprach lakonisch aus seiner Stille heraus, und in seiner Stimme war keine Spannung, kein Tonwechsel. Sie war nicht die jugendliche Stimme ihres Vaters, an die sie sich erinnerte, sondern viel blattartiger.

Ich kann mir unter Verschränkungen immer noch nichts vorstellen. Weißt du, was «Quantenverschränkung» bedeutet? Nein? Zwei Teilchen sind irgendwie verbunden und – o ja. Sogar über Entfernungen hinweg. Eines von ihnen verändert sich, und gleich verändert sich auch das andere. Im selben Augenblick. Wie ist das möglich? Es ergibt keinen Sinn. Wie geht da die Information hin und her? Ich nehme an, es muss noch einen anderen Bereich geben, dessen Teil sie beide sind, den des Verstandes oder Bewusstseins. Warte, was hat der Verstand damit zu tun? Ich weiß es nicht, was soll der Verstand damit zu tun haben? Nichts, denn zu Anbeginn des Universums gab es keinen Verstand. Wir wissen es nicht. Das Bewusstsein ist ein riesiges Rätsel, und keiner weiß, wie es aus einem Gehirn erwächst. Nicht wahr? Nein, die schlichte Tatsache, dass ein Gehirn das Herz schlagen lässt und zugleich den Sprung zum Selbst-Bewusstsein ermöglicht, gehört nicht zu den Dingen, die Menschen verstehen. Aber nur weil sie es nicht verstehen, heißt das noch lange nicht, dass es kompliziert ist. Ich sage ja nicht, dass es kompliziert ist. Ich sage, es ist ein Rätsel. Na ja, ich glaube nicht, dass es ein signifikantes Rätsel ist. Weil es dich nicht interessiert, aber ich selbst interessiere mich mehr für das Rätsel des Bewusstseins als für die ersten Sekunden des Weltenbeginns. Es interessiert dich also doch? Aber Tiere haben ein Bewusstsein, Hunde etwa. Tja, und das gehört für mich auch zum Rätsel des Bewusstseins. Selbst ein Wurm verfügt über ein Bewusstsein. Richtig, es entscheidet nämlich, ob er sich hierhin oder dorthin wendet. Sogar Zellen haben so etwas wie einen freien Willen, und auch Einzeller müssen sich entscheiden, in welche Richtung sie sich bewegen. Genau. Und im Körper gibt es Makrophagen und so, die ihre eigenen Entscheidungen fällen, und sie können entscheiden, dich abzuschalten. Richtig, wenn du denkst, du entschiedest allein oder gute Entscheidungen erhielten dich am Leben, weil deine Zellen eben auch Entscheidungen fällen, ist das eine Art Eitelkeit. Trotzdem, ich denke, die Menschen sollten lieber das Leben genießen, als sich Sorgen zu machen, ob sie nun einundneunzig oder zweiundneunzig werden. Tja, wen kümmert's? Meine Grundprämisse in Sachen Leben ist, dass du ewig lebst, denn sobald du stirbst, weißt du nicht mehr, dass du tot bist, und deshalb bist du immer am Leben, also solltest du dir keine Sorgen darum machen. Nur über die diejenigen, die du hinterlässt und die dich vielleicht noch gebraucht hätten, solltest du dir Sorgen machen. Richtig, etwa wenn du kleine Kinder hast oder so. Aber ansonsten? Also, auf der Welt sterben täglich hundertfünfzigtausend Menschen. Das sind sehr viele, und doch geht das Leben weiter. Es ist keine Riesentragödie, deshalb lohnt es sich nicht, sich darüber Sorgen zu machen. Tja, und ich meine, was ist schon die Alternative? Na ja, es gibt keine. Das sage ich doch, was ist die Alternative? Was wollen diese Programmierer machen? Dein Gehirn in einen Computer laden, damit du ein Programm werden kannst? Und dann kommen sie und ziehen dir den Stecker oder so? Ich weiß, das klingt nach einer Horrorshow. Ich kann nicht glauben, dass Leute so etwas wollen. Nun ja, es liegt wohl an ihrem fehlenden Verständnis dafür, dass du ewig lebst und dass du nichts bereust, wenn du stirbst. Du setzt dich dann nicht einfach auf und sagst: *Ach, Mann, könn-*

te ich doch jetzt nur beim Baseball sein, warum kann ich da nicht hin. Richtig, das ergibt keinen Sinn. Und man sagt, das Christentum habe dieses Problem gelöst, weil man da ewig leben kann, aber man kann auch ewig in der Hölle schmoren, und das ist nun wirklich krank. Wer will schon, dass etwas ewig dauert? Wer möchte irgendetwas immer wieder von Neuem durchleben oder tausend Jahre lang Bauer sein? Wie meinst du das, tausend Jahre lang Bauer? Na ja, unterstellen wir mal, du könntest tausend Jahre lang leben. Aber warum Bauer? Na, wenn du eben zufällig Mechaniker bist oder was auch immer, Lehrerin, Mechaniker, Koch. Warum sollten die ewig leben wollen? Um sich Fotos von Sachen anzusehen, an denen sie nicht mal Anteil haben? Wen kümmert's? Oder mit zweihundert Leuten befreundet zu sein? Und jeden Tag hundert oder zweihundert Messages in ihren Feed zu kriegen? Was ist denn das für ein tausendjähriges Leben?

Zu diesem Zeitpunkt konnte sie ihn hören wie zuvor im richtigen Leben, mit dem natürlichen Schwung in der Stimme, der ihn als ihr jugendlicher und treu liebender Vater ausgezeichnet hatte. Sie hatte ihn zum Reden gebracht! In den frühen gemeinsamen Tagen oder Wochen im Blatt hatte eine gewisse Befangenheit sie davon abgehalten. Dass er vor ihr tot gewesen war, hatte ihm eine gewisse Würde oder Erhabenheit verliehen. Er war nun mit etwas Größerem verbunden, während er sich vorher hauptsächlich auf sie bezogen hatte.

Daran, wie lange es dauerte, bis er sprach, konnte sie erkennen, dass er mit dem Frieden im Tod gut zurechtkam und keine anderen Wünsche hatte.

~

Dann weckte ihn das unbeschwerte Vergnügen, sie zurück- und so nahe bei sich zu haben, aus seinem Frieden.

In einem Blatt findet das Reden ohne Münder statt. Man braucht keine zwei getrennten Körper dazu. Man kann sich aus derselben Ader, derselben Zelle heraus unterhalten. In einem Blatt haben zwei Seelen und zwei Standpunkte Platz.

Wie scheucht man einen Vater aus seiner Ruhe? Sie erzählte einfach all das dumme Zeug, das ihn schon während ihres Lebens als Mensch gestört hatte. Irgendwann hielt er es nicht mehr aus, sie einfach das sagen zu lassen, was er schon früher so unvernünftig gefunden hatte. So sorgte sie dafür, dass er seinen perfekten Frieden vergaß, und zog ihn halbwegs ins Leben zurück.

Denn weißt du was, wenn wir plötzlich zweitausend Jahre zurückgingen, könnten wir auch nichts beschleunigen. Ich weiß nicht, wie man eine Dampfmaschine baut. Als Zeitreisende wären wir nicht sonderlich hilfreich. Wir wären nutzlos. Ich weiß, ich weiß. Deshalb sollten ja alle genug lernen, sodass sie, wenn sie jemals tausend Jahre zurückgingen, die Geschichte beschleunigen könnten. Ohne nützliche Fertigkeiten in der Zeit zurückzureisen wäre wirklich deprimierend. Ich kenne mich nicht genügend mit Chemie aus, ich kenne mich mit gar nichts genügend aus. Ich könnte kein Flugzeug und kein Auto bauen. Fast niemand könnte das. Hmm? Absolut niemand könnte das. Okay, doch, ein paar Leute vielleicht. Ich wüsste nicht mal, wie man Eisen schmilzt. Wo findet man Eisen? Wie baut man einen Schmelzofen? Das machen sie schon seit zwei-, dreitausend Jahren vor Christi Geburt. Das erste Metall, das sie hatten, war Kupfer. Du schmilzt es einfach, und schon hast du es. Dann Bronze, die aus Kupfer und Zinn besteht, nur falls du das mal wissen musst. Und weißt du, wo sie Zinn gefunden haben? In England. Wenn ich also tausend Jahre zurückgehe, lande ich einfach in England und finde Zinn. Dann stieg Kreta zu einer Macht auf, weil sie wussten, wie man Bronze herstellt. Was an Bronze so toll ist? Es ist ein viel härteres Material, deshalb konnte man bessere Waffen daraus schmieden. Genau, genau, das war dann also wohl in der Bronzezeit. Darauf folgte die Eisenzeit, wo sie Eisen fanden und lernten, es zu schmelzen, wofür höhere Temperaturen nötig sind. Ich frage mich, ob sie wussten, dass sie in dieser Zeit lebten. Na ja, wahrscheinlich nannten sie die nicht Bronzezeit, sondern einfach moderne Zeit. Ich weiß, dass sie die nicht Bronzezeit nannten. Menschen müssen essen, sich einen Unterschlupf bauen, sich kleiden. Ohne Werkzeuge ist das nicht leicht. Ist es nicht schön, keine Hände zu haben? Ja, es ist befreiend. Bei Händen hat man immer gleich das Gefühl, man müsse was mit ihnen anfangen, und zwar ständig. So hat es sich angefühlt, Hände zu haben. Keine zu haben ist schön, weil man die Verpflichtung nicht mehr spürt. Gefällt dir das? Mir schon. Mir war nicht klar gewesen, dass uns unser Körper antreibt. Wenn du Körperteile hast, wollen sie von dir benutzt werden. Welcher Körperteil lässt uns jemanden lieben, der uns nicht zurückliebt? Darin bohrst du lieber nicht so herum. Worin soll ich denn dann herumbohren? Darin, dass die Wahrscheinlichkeit, hier zu sein, für jeden von uns eins zu einer Billion beträgt, also tendiert deine Chance, hier zu sein, gegen null. Aber bald wirst du hier acht Milliarden Menschen haben, und die haben allesamt das große Los gezogen. Und das Schlimmste daran ist, dass es keinem auffällt! Keiner merkt, was für eine seltene Gelegenheit er oder sie hat, das Universum zu beobachten, denn da ist dieses unglaubliche Universum, und wenn die Menschen sich nicht bis zum heutigen Erkenntnisstand entwickelt hätten, wüssten sie gar nicht, dass sie an diesem hübschen Ort leben. Wusstest du, dass sie ein Bakterium gefunden haben, das das Leben um fünfundzwanzig Prozent verlängern kann? Wow! Bei Mäusen haben sie es schon verwendet. Bei Mäusen? Warum haben die Mäuse so ein Glück? Warum interessieren sich die Menschen so für Mäuse? Das werde ich nie verstehen.

Die ganze Seeoberfläche war ein gigantischer, wässriger Augapfel, der den Himmel, die Wolken und all die Menschen in Augenschein nahm, die auf der Promenade und an den Ufern entlangspazierten. Die Leute vergaßen, dass der See ein offenes Auge war. Mira sah, dass sie herkamen, weil sie für sich sein wollten, aber sie vergaßen, dass der See sie sah.

~

Diese schönen Tage, die sie mit ihrem Vater im Blatt verbrachte! Die schläfrige Beschaulichkeit des Sees bei Nacht, die sie beruhigte und mit Träumen einlullte; und die Träume, die sie im Blatt träumte, glichen kaum ihren Träumen als Mensch, weil sie aus dem Baum kamen und durch die Blattadern auch dorthin zurückkehrten.

Und die Bücher auf ihrem Regal und dem ihres Vaters? Sie erinnert sich noch, dass sie Bücher gehabt hatten, wenn auch an keine Titel mehr. All die Lektüren in der Hoffnung, sich irgendwo hineinzuversetzen, eine Versetzung, die schließlich mit dem Tod begann, der sie dorthin beförderte, wohin sie beim Lesen zu kommen gehofft hatten, während sie die Versetzung durch den Tod fürchteten – sich aber zugleich beim Lesen danach sehnten!

Du kannst über Gott philosophieren, soviel du willst, das lässt ihn nicht wirklich werden. Ich weiß, ich meine nur, wenn du dir in deinem Kopf ein richtiges Bild von ihm machen willst, solltest du begreifen, dass man sich kein richtiges Bild von ihm machen kann. Natürlich nicht! Natürlich kann man sich kein richtiges Bild von etwas machen, das nicht existiert. Aber falls du *glaubst*, er existiert. In dem Fall kannst du glauben, was du willst, denn wenn du an Gott glaubst, dann ist Gott etwas, das tun oder sein kann, was es will, also tausend verschiedene Sachen, für jeden etwas anderes. Das macht es nicht unwirklich; es könnte es eher wirklicher machen, so wie der Fingerabdruck jedes menschlichen Körpers verschieden ist und auch die Funktion unserer Muskeln eine eigene Handschrift hat – das macht den Fingerabdruck oder die Muskelfunktion ja auch nicht unwirklich, oder? Jetzt schau mal, das verstößt gegen die Naturgesetze: Es heißt immer, Gott habe das Universum in Bewegung gesetzt, aber wie kann Gott das ohne einen physischen Körper tun? Denn das ist etwas Grundlegendes: Damit etwas agieren kann, muss es eine physikalische Entität sein. Aber Zellen agieren, und die kann man nicht sehen, und Atome agieren, die kann man auch nicht sehen. Kann man doch, nämlich durch ein Mikroskop. Ohne Mikroskop könnten wir sie nicht sehen. Ich weiß, aber na und? Ich will ja nur sagen, dass wir vielleicht einfach noch nicht über die Technologie verfügen, Gott zu sehen. Nein. Na ja, früher haben wir nicht über die Technologie verfügt, Zellen und Atome zu sehen. Aber die Menschen hatten eine Ahnung, selbst bevor wir sie sehen konnten, dass derlei Dinge existierten, dass in großen Dingen kleine steckten. Nur konnten sie das nicht beweisen, und genauso hatten die Menschen immer auch eine Ahnung von Gott. Du musst zugeben, dass wir nicht gänzlich verstehen, wie das Universum funktioniert. Da bin ich deiner Meinung, denn wir wissen nicht, was dunkle Energie ist, und wir wissen nicht, was dunkle Materie ist, dabei macht sie achtzig Prozent des Universums aus. Richtig, wir finden ständig Neues heraus. Ich weiß, aber da geht es um Kleinigkeiten. Achtzig Prozent des Universums sind keine Kleinigkeit! Ich weiß, irgendwann finden sie es heraus, und wenn sie es herausfinden, wird es Sinn ergeben, weil Sachen einfach Sinn ergeben. Ich hingegen sage, vielleicht geht es nicht einmal darum, dass es *Sachen* gibt, die wir nicht verstehen, sondern dass unser Gehirn nicht gut genug funktioniert, um es *jemals* herauszufinden. Ach, komm. Oder wenn es denn Götter gibt, machen wir uns vielleicht einen falschen Begriff von ihnen und können sie deshalb nicht finden. Meinst du das ernst, oder willst du mich nur provozieren? Nein, ich will dich nicht provozieren. Dann meinst du es ernst? Ich weiß nicht, ich bin mir nur nicht so tausendprozentig sicher wie du, weil ich nicht glaube, dass allein die wissenschaftliche Methode beweisen kann, dass etwas wirklich ist. Was glaubst denn du, mit welcher Methode man beweisen kann, dass etwas wirklich ist? Mit der Phantasie. Die Phantasie ist kein Beweis! Na ja, ich glaube einfach, dass es nicht für alles eine logische Erklärung gibt. Tja, es gibt nur entweder eine logische oder eine unlogische Erklärung.

Dann kam Annie und setzte sich unter den Baum. Mira wusste nicht, wie sie ihn gefunden hatte. Vielleicht hatten die Kräfte der Natur sie dort hingezogen, vielleicht auch Mira selbst. Annie musste den Ort erholsam gefunden haben, weil Miras Liebe und die Liebe aller, die sich noch auf dem Baum befanden, auf sie herabstrahlten.

Mira war so entzückt, Annie dort zu sehen! Sie wollte ihr von allem erzählen, was sie wusste. Von etwas Furchtbarem, und von was dann? Von etwas Großartigem. Von einer Party, wo es keine Party gab, und von Pflanzen, wo es keine Pflanzen gab. Und die Pflanzen werden alles übernehmen, den Asphalt sprengen und die Wände hochwuchern. Die Ranken, Gräser und Reben werden die leeren Pools füllen, der Beton wird bröckeln, das Grün wird hindurchsprießen, dann wird die Erde durchkommen, Regen wird fallen, und am Ende werden die Gebäude einstürzen. So viele unserer Bauwerke werden sterben müssen, damit die Grünpflanzen leben können. In der zweiten Version des Daseins werden überall Pflanzen sein, und sie werden mit aufreizender Langsamkeit und in glückseliger Ruhe vorgehen. Die rabiaten Pflanzen werden den sanften weichen, und nichts wird in der zweiten Version des Daseins noch so unbarmherzig sein wie zuvor. Die Pflanzen werden die Erde, all die zerfallenen Gebäude und die gesamte Existenz schmücken – süß duftende violette Blumen, Rosen und gelbe Blumen, gelbe Rosen und weiße. Die ganze Erde wird ein sprießender Garten sein, sich mit der Sonne öffnen und mit dem Mond schließen, und die Pflanzen werden sich nicht daran erinnern, wie wir sie in der ersten Version abgeschnitten haben. Die Feldfrüchte werden keine Geschichten erzählen. Sie werden sich nicht an die Töpfe erinnern oder daran, geerntet und verzehrt worden zu sein. Sie werden eine glückliche Unschuld empfinden, die Pflanzen in der ersten Version nicht kannten.

In der kosmischen Landschaft sitzen die Pflanzen in der ersten Reihe. Gott gefällt es, das Publikum der zweiten Schöpfung fast gänzlich aus pflanzlichen Wesen bestehen zu lassen: Bäume und Büsche, Blumen und Beeren, die sich zum Genuss der Aufführung niederlassen und in der Pause sagen: *Was für ein Knaller!*

Aber für uns Menschen wäre die Vorstellung zutiefst erschreckend, anstelle der Pflanzen dort zu sitzen, denn so würden wir nicht leben wollen: das Leben als ewiges Schauspiel genießen müssen! Die Pflanzen hingegen haben in Millionen Jahren gelernt, der Schöpfung beizuwohnen. Sie wissen, wie gut es sich anfühlt, das aufgeschlossene, geneigte Publikum dieser Aufführung zu sein, was wir Menschen weder sein noch verstehen könnten, weil unser Lebenszweck ja darin besteht, sie zu kritisieren.

Ein pflanzliches Publikum einfach so dasitzen zu sehen kommt dem Menschen wie ein schlimmes, nutzloses Schicksal vor. Doch der Schöpfung beizuwohnen ist etwas Wunderbares. Was für ein Privileg, dazusitzen und sie zu beobachten! Sich von ihrer Schönheit ganz und gar erfüllen zu lassen! In der ersten Reihe zu sitzen ist ein wirkliches Privileg. Trotzdem fiel es den Pflanzen nicht leicht, es zu lernen.

Aus welchem Grund wurden die Pflanzen damit beauftragt, der Schöpfung beizuwohnen? Oh, aus keinem besonderen. Oh, weil Gott ein Egoist ist. Weil Gott Künstler ist. Weil er trotz ihrer Mängel stolz auf die Schöpfung und deren Vielseitigkeit ist und weil er es liebt, wenn man sein Werk beachtet.

Na ja, *du* machst dir Sorgen, dass innerhalb der nächsten Jahrmillion ein Asteroid die Erde rammt. Wer? Du. Nein, das stimmt nicht. Ich finde es nur erstaunlich, dass diese Objekte da draußen eigentlich gar nicht so weit entfernt sind und tatsächlich auf die Erde einwirken können. Du hältst also das Sonnensystem, abgesehen von einem gelegentlich vorbeifliegenden Asteroiden, für ziemlich stabil, aber du hältst es nicht für denkbar, dass eine Sonne in unser Sonnensystem eindringt und es durcheinanderwirbelt. Das könnte aber passieren! Eine Jahrmillion ist gar nicht so lange hin, und der Einschlag wird aus der Oortschen Wolke kommen. Was die Oortsche Wolke ist? Diese kleinen Felsbrocken ganz weit draußen um unser Sonnensystem herum. Aber sie umkreisen es nicht? Doch, in Kugelform. Eine Felsenwolke? Eine Wolke aus Felsen verschiedenster Größe, und angeblich wird da eine andere Sonne durchziehen, und das wird die Planetenbahnen durcheinanderwirbeln, und einiges von dem Zeug wird ins Sonnensystem hineinfliegen, auf die Erde herunterregnen und Zerstörungen anrichten. Aber dann habe ich gedacht: Was, wenn jede Sonne ihre *eigene* Oortsche Wolke hat, dann wird *deren* Oortsche Wolke genau bei uns durchkommen und viel direktere Treffer erzielen. Aber nicht jede Sonne hat ihre eigene Oortsche Wolke, oder? Wahrscheinlich doch. Wenn unsere eine hat, warum sollte dann nicht jede andere auch eine haben? Erzeugt die Anziehungskraft der Sonne die Oortsche Wolke? Wenn ein Sonnensystem entsteht, fliegen allerhand Trümmer herum und rotieren um einen zentralen Schwerkraftpunkt, und die Mitte kollabiert zu einer Sonne, dann kollabieren andere zu Planeten, und manches ist so weit weg, dass es nicht komplett aufgesogen wird und deshalb drum herum fliegt. Es fliegt also im Orbit? Nicht nur das, sondern die Planeten darin werden mit unseren Planeten interagieren. Das wird ein heilloses Chaos! Und das wird sicher passieren? Tja, also, das steht uns bevor. In einer Jahrmillion werden die Menschen anfangen, sich darüber Sorgen zu machen. Falls es dann noch Menschen gibt. Na ja, ich glaube, Menschen wird es immer geben. Die Zukunftsfrage ist: auf was für einer Zivilisationsstufe und wie viele? Denn ich kann mir gut vorstellen, dass die Zivilisation zusammenbricht und zur Subsistenzwirtschaft zurückkehrt. Warum? Kriege ums Wasser und so? Ja, diese Ordnung bricht zusammen, und neunzig Prozent der Menschen sterben. Aber was passiert dann mit den Wasserkraftwerken? Das meine ich doch, die Menschen werden auf das zurückgreifen müssen, was sie vorher hatten. Aber warum gibt es dann keinen Strom mehr? Um Strom zu erzeugen, brauchst du eine kritische Masse von Menschen, Geld und Wissen, und wenn in einer Stadt nur zwanzig Leute übrig sind, wirst du kein Kraftwerk mehr betreiben können. Richtig. Ich finde es so dämlich, dass Leute Kolonien auf dem Mars planen. Sie sollten Kolonien auf der Erde planen und herausfinden, wie man *hier* leben kann. Sie finden wohl, dass hier Chaos herrscht, und wollen an einen unberührten und reinen Ort. Aber es ist doch das reine Nichts! Sie wollen den Mars so umgestalten, dass er wie die Erde wird, anstatt aus ihr das Beste zu machen! Na ja, das fällt den Menschen eben lästig. Das fällt den Menschen lästig? Was denn? Dass sie ständig versuchen müssen, ihre Fehler auszubügeln. Aber das ist doch viel leichter, als eine neue Erde zu erschaffen. Willst du zum Mars reisen und in einer Blase leben? Du kannst da nicht angeln gehen, du kannst nicht schwimmen gehen, kannst keine Bootsausflüge mehr machen, kannst überhaupt nicht mehr vor die Tür? Vielleicht finden sie ja heraus, wie man da große Gewässer anlegt. Aber das wird tausend Jahre dauern, weil sich die Atmosphäre erst aufbauen muss. Richtig, irgendwann wird sich der Mars erwärmen, das Eis wird schmelzen und Seen und Flüsse formen. Aber erst in tausend Jahren. Und so wie auf der Erde wird es nie werden.

Die zartesten Blätter, grün und schlicht und schließlich welkend, auf die nicht ein einziger Mensch achtet, die aber gleichwohl in der Stille der untergehenden Sonne gedeihen. Mira fragt sich, ob es auch im menschlichen Herzen Blätter gibt. Gibt es welche in Annies Herz?

Mira sah Annie mit einer anderen Frau herumspazieren, hübscher und anmutiger, als Mira es gewesen war, und sie spürte, dass diese Frau etwas von Annie wollte und dass Annie es ihr bestimmt schenken würde. Etwas Wärmeres als das, was Mira von Annie gewollt hatte. Sie spürte, dass diese Frau Annie stärker anzog, und Anziehung war auch das, was die Frau wollte. Eben deshalb spürte Mira, dass Annie es ihr schenken würde. Mira würde nicht bekommen, was sie wollte, diese Frau hingegen schon. Ihre Stimmen waren warm, zärtlich und vertraut. Sie waren am Wasser, weil sie für sich sein wollten, vielleicht auch aus anderen Gründen, die Mira nicht kennen konnte. Vielleicht war Annie auch im vollen Bewusstsein dessen hergekommen, dass Mira hier war, um ihr zu zeigen, dass sie einem anderen Menschen etwas schenken konnte, das sie Mira nie geschenkt hatte, weil Mira nicht gewusst hatte, wie sie es ihr hätte entlocken können, oder weil sie nicht schlau oder zärtlich genug dafür gewesen war oder aus sonst irgendeinem Grund.

Als es spät wurde, entfernten sie sich vom Ufer, und Mira konnte sie nicht mehr sehen.

Die Grundformen des Quadrats, des Kreises, des Dreiecks und der Orange – darauf musst du dich freuen. Und auf dergleichen mehr? Ja, auf dergleichen mehr. Auf herrliche Energieerhaltung. Auf die Reduktion deiner Ressourcen. Und darauf, dass Menschen, wie du sie kennst, in der zweiten Version des Daseins nicht mehr hier sein werden. Warum das? Weil nicht alles jedes Mal gleich geschenkt wird. Was den Menschen jedes Mal wieder geschenkt werden wird, ist genau das, was jeder Existenzform auf Erden geschenkt wird, nämlich das Schöne, das man liebt. Das wird auch in der nächsten Version des Daseins noch da sein, und es wird fortexistieren in jeder menschenähnlichen Form, die sich entwickelt, falls sich überhaupt eine entwickelt. Die Evolution kennt viele Wege. Ich denke, du bist deshalb traurig, weil die Wollhaarmammuts unsere Kunst nicht schätzen werden. Das ist schon in Ordnung; ich habe darüber nachgedacht, und mir ist klar geworden, dass unsere Kunst nur situativ entsteht. Was auch kommen mag, es werden andere Umstände herrschen, für die unsere Kunst nicht gebraucht wird. Das ist also nicht traurig? Nein, wenn Dinge zu ihrer Zeit nützlich sind, inklusive der Kunst, dann ist das nicht traurig. Die Vögel könnten schöne Bilder an den Wänden ihrer Nester haben. Niemand hat je einen Baum erklommen, um das herauszufinden. Nein, die Sache ist die, dass die Vögel unter solch neuen Umständen vielleicht gar keine Bilder mehr brauchen würden. Aber richtig, es gibt da nichts, worüber man traurig zu sein bräuchte. Wenn du traurig über das Verschwinden der Menschen bist, dann denkst du an die Kunst, die nicht mehr wahrgenommen wird, nicht an die Menschen, die es vielleicht nicht verdienen, hier zu leben, weil sie so mörderisch sind. Du hast die Liebe in dir, aber sie ist außermenschlich, sie wohnt auch den Pflanzen, Tieren, Wolken, Meeren und alldem inne. Liebenswert sind nicht die Menschen, sondern das Leben. Und das Leben wird immer weitergehen? Ja, es verläuft in Zyklen, und wenn die Erde krank wird, gesundet sie auch wieder, vielleicht in einer Million, vielleicht in zwei Milliarden Jahren. Sie wird tun, was dafür nötig ist, denn langfristig ist sie auf Selbstkorrektur angelegt. Also haben sich die Menschen entwickelt, mörderische, selbstsüchtige Kreaturen, die das Foltern nicht scheuen. Warum also nicht die Menschen loswerden, wenn das, was wir an ihnen lieben, überall auf der Erde vorkommt und nicht bei ihnen allein, nämlich die Fähigkeit zu lieben, die allem sonst an uns zuwiderläuft? Die Koexistenz dieser Dinge ist erstaunlich, aber so ist es. Und wenn du jemandem diese knospende Liebe ansiehst, dann kann sie oder er so liebenswert wie eine Pflanze sein oder wie eine Katze. Dann kannst du sie oder ihn so lieben, wie du mich geliebt hast. Und du mich. Aber es gibt dermaßen viel Nicht-Liebenswertes. Klar, so haben sich eben die Menschen entwickelt, und dass sie irgendwann verschwunden sein werden, ist nicht weiter schlimm. Wir, die wir denken, es sei eine Tragödie, wenn das menschliche Tier verschwindet, sind die eigentlich tragischen Figuren. Wir können ja nicht einmal akzeptieren, dass unsere eigenen Väter verschwinden! Dabei ist das weiß Gott keine Tragödie weltweiten Ausmaßes. Abgesehen von all dem Leid. Abgesehen von all dem Leid, aber irgendwann wird die Erde tun, was sie längst tut, nämlich sich selbst heilen. Wir sind eine Ursache ihres grippalen

Infekts. Also werden wir, zumindest der liebende Teil von uns, alle irgendwo anders landen. Der Teil der Erde, der reine Liebe ist und in Mensch und Tier vorkommt, wird auch nach dem Verschwinden der Menschen noch da sein, und die Evolution wird die Erde mit der doppelten Anzahl von Vögeln bevölkern oder was auch immer die Vögel ersetzt. Wird diese nächste Version denn von Gott erschaffen werden? Oder doch von der Evolution? Ich weiß nicht, und das ist mir auch egal. Ja, da, wo du derzeit bist, kann man leicht *Das ist mir auch egal* sagen. Aber einige von uns weilen noch unter den Lebenden und Sterbenden. Aber nicht mehr lange! Sicher liegt Schönheit im Totsein, im Reine-Liebe-Sein und darin, dass nur das Beste von dir übrig geblieben ist. Immerhin kann ich sagen, es ist sehr entspannend. In der Tat ist das Schönste daran, dass man abstreift, wozu einen die Evolution gemacht hat, dieses bemerkenswert, aber so mörderisch Kreatürliche. Und auch abstreift, was Gott von uns braucht, dieses bemerkenswert, aber so abgründig Kritische. Ich freue mich schon darauf, dieses Kritische, Mörderische loszuwerden und nur das Liebende in mir zu behalten. Warum haben die Leute davor nur so viel Angst? Sie *mögen* das Mörderische an sich! Sie denken, es sei das Beste an ihnen! Manchmal geht ihre Kritik mit Mord und Gewinnsucht einher. Schau dir bloß diese Gewinnertypen an: Das sind doch richtige Zombies. Was in uns gewinnen will, entsteht durch die Evolution, und was kritisieren will, ist unsere gottgegebene Funktion. Beide laufen dem Liebenden zuwider, das mit der Zeit und dem zunehmenden Morden und Gewinnen schwindet. Dass diese beiden das Liebende erdrücken, lässt sich schwer vermeiden. Also sollte ich mich nicht schlecht fühlen, wenn ich nicht zu den Gewinnern gehöre? Nein, sei einfach froh, dass du kein Zombie bist. Es wurden Filme gemacht über die, über

Leute, die halb tot über die Erde liefen. Denn diese Kreaturen gibt es wirklich! Leben bedeutet, dass du das Liebende spüren willst, aber die Gewinnsucht geht immer mehr Hand in Hand mit der Kritik und dem Mord – nicht nur an anderen, sondern an dir selbst. Ich bin sicher, dass ich mich vom Gewinnen und vom Morden abhalten kann. Aber nicht vom Kritisieren, und das solltest du auch nicht. Du warst sehr liebevoll zu mir, und heute erinnere ich mich nur noch an das Liebende an dir. So ist es, wenn jemand stirbt – oft erinnerst du dich nur noch an das Liebende, und so denkst du dann einfach auch über das Leben, das Pflanzen und Bäume durchströmt, daran, dass das Liebende an allem teilhat. Das ist überhaupt das Beste an uns, und weil es das am wenigsten individuell Ausgeprägte ist, strahlen wir es so schön ab, falls wir denn strahlen. Wenn der Mensch, den du liebst, gestorben ist, fällt es leicht, dich an dieses Strahlen zu erinnern, denn es ist das Äquivalent des Lebens. Gewinnsucht ist das Äquivalent des Todes. Wenn du mich wieder zum Leben erwecken willst, erinnere dich nur an das Liebende, das dem Leben entspricht. Wenn du dich an das Kritische und das Mörderische erinnerst, bist du nicht so traurig über meinen Tod. Das war in meinem Leben auch tödlich. Sich daran zu erinnern ist kein Fehler. Sich an die Teile meines Lebens zu erinnern, die tödlich waren, ist nicht verkehrt. Aber es ist besser und einfacher, sich an die lebendigen Teile zu erinnern, denn während der gewinnsüchtige, kritische Teil stirbt, geht der liebende anderswohin und bleibt irgendwo erhalten. Wie schön lässt die Liebe den Menschen im Leben erstrahlen! Wie wahrhaftig erleuchtet uns die Liebe! Ja, und was auch immer den Menschen erleuchtet hat, ist jetzt irgendwo anders und erleuchtet etwas anderes. Wenn du dich liebevoll an mich erinnerst, scheint durch deine Erinnerungen alles, was auf der Welt erleuchtet ist. Warum konzentrierst du dich also nicht auf die schönen Erinnerungen, die dich glücklich machen, denn das ruft das Licht zurück, das durch mich geschienen hat und genauso auch durch dich scheint. Ich bin zwar traurig darüber, dass die erste Version zu Ende geht, aber ich darf nicht um jede Existenzform weinen und auch nicht um die Kunst, die nicht mehr verstanden werden wird. Denn das ist schon in Ordnung, sie wurde ja verstanden, als die Umstände es erforderten. Und vergiss nicht die Vögel, die die jetzigen ersetzen werden, wenn die Erde oder Gott hier aufgeräumt haben. Und diese zukünftigen Vögel könnten wie die gegenwärtigen sein oder ganz anders, aber singen werden sie, und sie werden Bilder an den Wänden ihrer Nester haben, wie groß auch immer diese Nester sind, und wer sagt denn, dass diese Bilder nicht genauso schön sein werden oder gar schöner als die unserer besten Künstler. Und das Ganze wird aufregend neu sein, eine situative Kunst für die Umstände, unter denen diese Vögel oder vogelähnlichen Kreaturen leben werden. Wir leben doch immer unter spezifischen Umständen. Und in einer Million oder halben Million Jahren – sich mit Zahlen zurechtzufinden ist schwer – wird es auch noch welche geben. Wie gern würde ich zurückkommen und schauen, wie die Kunst der neuen Vögel aussieht! Aber du *wirst* zurückkommen, und du wirst immer hier sein. Glaube nicht, du würdest dich im Tod weit von der Erde entfernen; du bleibst hier unten bei alledem – jedenfalls der Teil von dir, der geliebt hat, und das ist der wichtigste. Dieser Teil von dir wird geduldig hier ausharren, während die Erde ihre Farbe verändert, sich verausgabt, frisches Leben einsaugt und sich wiederbelebt. Dieser Teil von dir wird die ganze Zeit über hier sein, während die Schnecken ihre Kunst im Schneckentempo erzeugen werden, schöne kleine Wirbel im Matsch, und während was auch immer das Meer bevölkern wird, die größten Tiere überhaupt je, schlüpfrig mit grünen Kiemen und vielen Schuppen und Federn und Fell. Selbst die schwimmenden Geschöpfe werden sich auf radikal neue Weise voranbewegen. Und auch das wirst du miterleben! Warum halte ich dann nur so an der Kunst der Vergangenheit fest? Weil du in deren Umständen gefangen bist und glaubst, es wären die einzig denkbaren. Es wird eine zweite Version des Daseins geben, und der Teil von dir, der liebt und der dein bester und dauerhaftester Teil ist, wird dann in den Bären, den Eidechsen, den Mammuts und den Vögeln fortleben. Du bist traurig, weil die Kunst, die Liebe ist, verschwunden sein wird, aber du brauchst die Kunst auch nur, weil du hier in der ersten Version gefangen bist. Du bist traurig, weil dein Vater sterben musste, aber in der nächsten Version wirst du nicht traurig sein, denn da gibt es keine Väter mehr.

Damals konnte Mira aus dem Blatt heraus spüren, wie Annie mit der Frau, die vielleicht ihre Freundin war, in so vertrautem Gespräch dort herumlief. Sie lauschte, um zu verstehen, was sie sagten, aber sie kamen nie richtig in Hörweite. Vielleicht ist ein Blatt in vielerlei Hinsicht schön konstruiert, aber nicht so, dass es Wörter erkennt. Während Mira angestrengt auf Annie lauschte, redeten sie und ihr Vater weiter. Welche Liebesbeteuerungen hatte Annie seit ihrer gemeinsamen Zeit an der Akademie auszusprechen gelernt? Mira sah die schattenhaften Silhouetten der beiden vor dem See. Wenn sie lebhafter sprachen oder die Stimmen senkten, regte sich etwas in ihr. Ihr Vater konnte das nicht spüren. Er hatte Annie nie kennengelernt.

Mira wusste, dass sich Annie irgendwann vom Ufer entfernen und nie zurückkehren würde, um Mira zu finden. Und was würde sie dann mit ihrer Liebe machen, mit diesem warmen Hauch von Nichts, den sie als Blatt so dezent abstrahlen konnte? Aber sie konnte sich nicht mehr daran erinnern, ob Menschen in der Lage waren, ihn wahrzunehmen.

Eines Abends, als nur der Mond am wolkenlosen Himmel stand, kehrte Annie mit derselben Frau zurück. Etwas schimmerte so schön im Haar der Frau, und die Pein dieser Schönheit veranlasste Mira, nichts mehr sehen zu wollen. Sie verstand, dass Annie sie nicht mehr liebte, falls sie es je getan hatte – obwohl sie es vielleicht noch immer tat, eventuell auf eine Weise, die sie selbst nicht verstand, denn sie kehrte immer wieder zu ihrem Baum zurück. Mira wusste, dass sie ihn nicht *ihren* Baum nennen sollte, so, als gehörte er ihr.

Was du willst, sind Aufräumer, aber eigentlich musst du dich nur an die Traditionen halten. Du willst Leute, die dir hinterherräumen, dir zeigen, wo es bei dir hakt. Aber du musst dich an die Familientraditionen halten. Gemeinsame Mahlzeiten. Darauf vertrauen, dass das zählt. Liebevoll den Traditionen die Treue halten. Damit du nach einer Million heißer Jahre auf die Erde zurückgeschickt wirst. Inzwischen warte mit all den Nichtmenschen, die Käsecracker essen, ein flottes Kartenspielchen hinlegen oder einfach auf Stühlen herumhocken, die einzige Chance der Seele auf ein menschliches Leben auf Erden ab, indem sie ihre wahre Liebe findet. Immer sind zwei füreinander bestimmt, und sie finden sich auch. Es könnte eine Million heißer Jahre dauern, bis du wieder zum Leben erweckt wirst, aber das ist gar nicht so lang, und das Warten vergeht wie im Flug. Es ist ganz erstaunlich hier draußen in der Nähe des Saturn – die allumfassende Schwärze, das Wohlgefühl und die Geduld, die Wunschlosigkeit. Eine Million heißer Jahre lang so zu leben ist durchaus möglich, und da du keine Wünsche hast, geht es auch schnell und entspannt vorbei. Es braucht eben seine Zeit. Danach triffst du auf Erden deine wahre Liebe unter den Mitwirkenden einer Fernsehshow – was für eine Überraschung wäre das, wenn es so liefe! Wenn zwei Menschen am Set einer Show verkuppelt werden können, muss das bedeuten, dass das Fernsehen weiter von Bedeutung ist. Das Fernsehen muss wahrhaftig eine dauerhafte Form des

Geschichtenerzählens sein, deshalb hat uns das Universum seine Entwicklung ja überhaupt erst ermöglicht. Du kannst so viele Dinge mit deinem Körper machen, wenn du dich entspannst und ihn an die Form des Universums anpasst, das aus sphärischen Röhren besteht, die nicht nur der Länge nach gekrümmt sind, sondern auch an jedem Punkt in ihrem Inneren, sodass du dich rücklings über das Rund der Saturnringe beugen kannst, nicht nur seitlich am Ring entlang, sondern auch im Ring selbst, der durchweg gekrümmt ist. Ein Teil des menschlichen Lebens besteht eben darin, den Familientraditionen treu zu sein. Das gehört zu seinem realen Verlauf. Wenn du den Traditionen treu bist, brauchst du keine Aufräumer, die dich am Ende nur kaputt machen. Ich hätte die nie ins Haus lassen sollen, aber ich habe es getan, weil mein Kind Probleme hatte, und irgendein kluger Jemand sah die Verbindung zwischen dem kleinsten und dem größten Menschen und dachte, das Problem hätte mit Aufmerksamkeit zu tun, also wurden die üblichen, diesem Szenario angemessenen Lösungen angestrebt und die Aufräumer eingeschaltet. Doch schon im Moment ihrer Einschaltung streifte mich die Erkenntnis, dass sie nicht viel helfen würden, selbst noch als all die Beweise dafür vorgelegt wurden, dass sie hilfreich sein würden oder könnten. Man musste einfach den Familientraditionen treu sein, zu denen gehörte, dass man vor dem Abendessen keine Süßigkeiten aß. *Warum nicht?*, fragte das Kind, das Kuchen wollte. Dann musste man nur leise sagen: *Weil man das nicht macht.* Genauso ist es auch mit dem Familienleben, die Traditionen liegen auf der Hand und sind zugleich tief eingewoben. Man könnte versucht sein zu fragen: *Was für Traditionen sind das?* Aber man muss das gar nicht fragen – *was für Traditionen sind das?* Man muss ihnen einfach treu sein – im vollen Vertrauen darauf, dass es reicht, ihnen treu zu sein. Wenn du das tust, brauchst du nicht zu fragen, was sie sind.

Es sind zum Beispiel: Freundlichkeit und Familientreffen. Es sind: alle zusammen in einem Raum. Es sind: Offenheit gegenüber anderen Menschen und das Fernhalten der Aufräumer. Die Aufräumer kommen aus der Welt der Psychologie, sind von denen gesandt, die nichts über Traditionen wissen, denen sie gleichgültig sind und die sie zerschlagen und eine ganze Reihe von Reformen durchsetzen würden, wenn sie könnten. Sie wissen nichts über das Gesetz, dem zufolge Menschen nach einer Million heißer Jahre wieder auf die Erde zurückgeschickt werden, und das aus einem einfachen Grund – damit sie sich an die Familientraditionen halten können. Du brauchst gar nicht erst zu fragen, wie die aussehen. Wenn du fragst, hast du kein Vertrauen. Mit dem Handeln kommt der Erkenntnisgewinn. Die Familie wurde von welcher Kraft auch immer geformt, die einen schließlich, nach einer Million heißer Jahre, dazu bringt, ein menschliches Leben zu führen. Wem wir hier begegnen oder wer der Familie angehört, ist nicht dem Zufall überlassen. Es hat keinen Sinn zu fragen, was eine Familie ist. Wenn du dich an die Traditionen hältst, weißt du Bescheid. Die dunkle, vom menschlichen Leben abgesonderte Stratosphäre ist ein Ort, an dem nichts zu befürchten steht. Dass man der Erde, den sie bevölkernden Menschen und ihrem Verhalten so fern ist, muss man nicht fürchten. In der Stratosphäre treten wenige fehl. Und auch auf der Erde treten wenige der sie bevölkernden Menschen fehl, weil ihnen in die Wissenswiege gelegt ist, dass sie zur Befolgung der Familientraditionen auf die Erde geschickt wurden. Die Familie muss zusammenhalten, Zusammenhalten ist hilfreich. Aufräumer einzuschalten ist keine Lösung, weil sie nur die Familie kaputt machen. Eine vom Universum zusammengeführte Familie braucht keine Aufräumer. Aufräumer haben Leute auf der Erde erfunden, die selbst welche werden wollten, aber sie dürfen nicht Teil der Familie werden, weil nur Menschen, die kein Vertrauen haben, Aufräumer einschalten. Eine Familie wird nicht ohne Grund erschaffen. Der Grund ist, dass so ein Menschenleben, wie wir es alle Million Jahre durchlaufen, die Strukturierung durch Vertrauen zulässt. Die Familie entsteht aus dem Mysterium des Lebens, aus dem Äther. Nach dem Leben gibt es hier draußen zwar keine Schwerkraft mehr, aber auch nicht das Nichts, und man erlebt die Gesetze des Universums und der Physik nicht so wie auf der Erde. Das heißt nicht, dass die Gesetze hier besser wären, aber du musst dich nicht fürchten; wenn du dich entspannt auf sie einlässt, wirst du sehen, dass die Gesetze, die hier draußen für das Nach-Leben im dunklen Universum gelten, ziemlich Spaß machen. Leute, die Achterbahnen mögen, haben eine gewisse Vorstellung vom Tempo und vom Schwindel dieses Spaßes, aber dein Körper ist nicht an eine Bahn gebunden, denn statt der Bahn sind hier die Ringe des Saturn. Vielleicht wird man dich fragen: *Willst du das wirklich erleben?* Und die Antwort lautet *ja*, aber danach musst du dich entspannen. Das Universum wird dich, nachdem es dich schon hat sterben lassen, nicht noch mal umbringen. Es braucht seine Zeit, sich daran zu gewöhnen, dass du nicht weitersterben wirst und dich mit einem neuen Ort vertraut machen musst, einem Ort ohne Freunde, Wünsche oder Familie. In der Stratosphäre mit ihrer ganzen Schwärze fühlt sich das Leben anders an; es hängt nicht von einem menschlichen Körper ab, aber es könnte zumindest so *aussehen*, als säßen Körper um runde Tischchen herum auf Plastikstühlen und spielten Karten, und es könnte so aussehen, als gäbe es da kleine Raumkapseln, die als Toiletten fungieren. Es könnte so aussehen, aber was wirklich zählt, sind die Abenteuer, die du hier in diesem Leben ohne Tod erlebst: das Tempo, das Sichkrümmen, den Schwindel und die unterschiedlichen philosophischen und physikalischen Grundsätze. All das ist wirklich erstaunlich, und du hörst Klatsch wie: *Sie wollten nicht glauben, dass sie die wahre Liebe am Set einer Fernsehshow treffen würden*, und Tratsch aus dem All wie: *In einer Million heißer Jahre werden sie auf die Erde geschickt*, und du kannst den von den Aufräumern angerichteten Schaden sehen und dass sie getötet werden müssen, aber nicht zu töten sind. Sie werden keine Ruhe geben, denn sobald sie in eine Familie gebracht worden sind, sterben sie nicht mehr, und einmal hereingelassen, werden sie immer im Raum sein, wenn du nicht hinschaust. Aber du brauchst keine Aufräumer, um den Traditionen treu zu bleiben. Allerdings weiß man erst nach dem Tod, dass es das war, wozu man aufgefordert war. Das haben wir aber doch ziemlich gut hingekriegt, oder? Glaubst du? Wir haben doch Aufräumer reingelassen? An die erinnere ich mich nicht. Möglich, dass da welche waren. Falls ja, können es nicht mehr als einer oder zwei gewesen sein. Menschen besorgen sich nur Aufräumer, wenn sie nicht zu treuer Gefolgschaft in der Lage sind, wenn sie die Fähigkeit dazu verlieren oder nicht den Wunsch danach verspüren. Die Familie muss sich selbst um ihre Probleme kümmern, nicht daran herumdoktern, sondern sie gemeinsam durchleben, indem sie sich an die Traditionen hält. Tun wir das? Geht es zwischen uns etwa darum? Ich weiß nicht. Ich weiß nur, was die Traditionen sind, wenn ich gerade nicht frage oder sage: *Das wirft die Frage auf, was eigentlich die Traditionen sind?* Ich habe diesen Cousin von dir getroffen, den du nie mochtest, und obwohl ich dir da misstraut habe, als du noch lebtest, stellte sich heraus, dass du von Anfang an richtiglagst: Er war ein totaler Idiot. So kann man es auch sagen. Er war nicht den Traditionen treu. Was sind denn die Traditionen? Einfach die Liebe und das Interesse an der Familie. Als er dich nicht zu sich nach Hause eingeladen hat, während du dort warst, da war er nicht den Traditionen treu. Ich habe dir oft misstraut, wenn du schlecht über Familienangehörige geredet hast, und gedacht, du wärst das Problem. Du hast auch an mir herumgekrittelt, und genau so, wie ich dem misstraut habe, was du über andere gesagt hast – immer schlug ich mich auf ihre Seite –, habe ich deiner Kritik misstraut, selbst wenn ich sie eigentlich berechtigt fand, aber auch da lagst du richtig. Das erkenne ich schon daran, dass du mit all dem anderen richtiglagst. Deine Kritik war nie allzu scharf, und dazu veranlasst hat dich immer, wie es sich anfühlte – wie andere Menschen dich behandelt haben. Erfahren wir auf diese Weise, ob wir uns an die Traditionen der Menschheitsfamilie halten? Dadurch, welche Gefühle wir bei anderen auslösen? Klar, das könnte schon eine Rolle spielen. Mir tut jede Gelegenheit leid, bei der ich nicht den Traditionen treu war. Und mir tun all die Male leid, wo ich Aufräumer eingeschaltet habe. Die Aufräumer haben uns nicht geholfen. Sie haben mich von den Familientraditionen entfernt, und sie haben mich von dir entfernt. Hoffentlich werde ich dich in einer Million heißer Jahre wiedersehen. Läuft das wirklich so? Ich weiß nicht. Ich habe nur mal einen Blick auf diesen fernen Ort werfen können. Ich habe noch nicht genug Klatsch und Tratsch darüber gehört.

Damals erzählte Annie dieser Frau, dass ihr Leben sich wieder und wieder ändern würde, dass diese Änderungen aber niemals im Moment ihres Eintretens erkennbar wären; allerdings müsse man an eine Sache im Leben einfach glauben, und das sei der Wandel. Die Frau war kürzlich in eine Kleinstadt gezogen, deshalb kannte sie sich damit ganz gut aus. Die Stadt war klein, aber wenn die Frau es versuche, sagte Annie, könne sie sie vielleicht noch kleiner machen – klein genug, dass sie dort etwas Bedeutsames bewirken werde. Dann zeigte Annie auf zwei Schwäne, die zusammen auf dem See schwammen. Ein grauer und ein schwarzer Schwan. *Jeder Mensch hat an unserem tollen gesellschaftlichen Leben teil*, sagte Annie, *du bist also wie diese zwei Schwäne, nur in einem Körper. Der Mensch ist diese zwei Schwäne, verstehst du?* Da tauchten die Schwäne die Köpfe unter Wasser, denn wenn man über sie redete, wurden sie verlegen; das vergaßen immer alle bei den Schwänen. *Der graue Schwan ist dein Körper*, sagte Annie, *und der schwarze ist dein Gemeinschaftsleben. Siehst du, wie sie zusammen schwimmen? Wie einsam wäre der graue Schwan, wenn der schwarze ihn verließe.* Da begann die Frau zu weinen. Sie wollte nicht, dass der graue Schwan, der ihr Körper war, den Schwan verließ, der unser Gemeinschaftsleben war; wollte nicht ohne ihn schwimmen müssen. *Sie müssen zusammen schwimmen*, sagte Annie. Da fiel Mira ein, dass Annie nie Eltern gehabt hatte, während Mira einen Vater hatte, und mit dem saß sie nun hier in einem Blatt in der Falle. Sie war noch immer ein Kind. Annie war gründlicher erwachsen geworden als sie, denn Annie hatte nie Eltern gehabt, deshalb war es ihr leichter gefallen, ins Gemeinschaftsleben einzutreten, je überhaupt erst darum zu wissen. Mira dagegen hatte ihren Vater gehabt und deshalb nicht ins Gemeinschaftsleben eintreten müssen. Weil sie ihren Vater hatte, war sie ein Kind in einem Kindheitszuhause geblieben, aber sie hatte einen großen Fehler gemacht, indem sie ihrem Vater in den Tod gefolgt war, so als wäre *sie* der Körper und *er* das Gemeinschaftsleben. Ihr Körper war dazu bestimmt, bei dem Schwan zu bleiben, der *wirklich* unser Gemeinschaftsleben war! Ihr Leben sollte nicht mit ihrem Vater enden. Was hatte sie nur getan, indem sie in das Blatt eingetreten war? Und würde ihr das Universum, das seine eigenen Gesetze hatte, jemals deren Beugung verzeihen?

Gleichzeitig schrie sie los, um da herauszukommen, rief: *Annie! Annie!* Eine Stimme neben ihr sagte: *Aber woher weißt du, dass sie uns hören wird?* Doch sie wusste, dass diese Stimme sie nur belog! Wenn Mira schrie, würde Annie sie hören, und sie würde sie da herausholen! Sie musste nur laut genug schreien und den ganzen Lärm übertönen, der in so einem Blatt herrscht. Sie wusste, Annie würde sie da herausholen, wenn sie sie hören konnte. Sie schrie, bis ihr die Stimme versagte, und danach versuchte sie, sich von der Logik, die sie im Blatt behalten wollte und endlos mit ihr rechtete, nicht allzu viel Furcht einflößen zu lassen, denn sie wusste, dass die Logik genau das erreichen wollte. Das tat sie, indem sie sie zu beruhigen versuchte, deshalb drehte ihr Mira allmählich den Saft ab. Das wiederum fühlte sich so an, als schlösse es sie nur noch tiefer in diesem unterirdischen Ort ein. Was sie auch tat, schloss sie mehr und mehr darin ein, und sie wusste nicht, warum all das, im Gegensatz zu vorher, plötzlich so Furcht einflößend war. Kein Mensch auf der Welt konnte sie hören oder stand ihr bei! Die Epidermis des Blattes schien aus Beton zu bestehen, und sie steckte jetzt tief im Inneren fest, das Furcht einflößend und dunkel war, mit grellfarbenen Lichtblitzen, und niemand nahm ihr Geschrei zur Kenntnis! Wie konnte es ihr Geschrei nur nicht geschafft haben, sie da herauszuholen? *Annie! Annie!* Sie war sich sicher gewesen, dass jemand sie von außerhalb des Blattes hören konnte, aber jetzt war sie es nicht mehr. Wenn sie doch nur früher zu schreien begonnen hätte, bevor das Ding sie ganz umschloss. Da unten dräuten Unheil, Angst, Schrecken und Hass, und je länger sie dort war, desto länger würde sie bleiben. Sie hatte keine Ahnung, wo der Ausgang war, sah weder Treppen noch Aufzug; der Ort war fürs Dabehalten gebaut. Man kam nicht mehr heraus. Sie würde durchstehen müssen, dass die Stimme ihr Furcht einflößte, Furcht einflößte und noch mehr Furcht einflößte, bevor jemals Hoffnung aufkeimte, da herauszukommen. Sie redete sich ein, dass ihr die Stimme *keine* Furcht einflößte, dass sie nur log und sie gefangen zu halten versuchte. Also tat sie so, als verspürte sie keine Furcht, machte lockere Witzchen; dann, als das nichts fruchtete, begann sie, den Laden auseinanderzunehmen, riss Adern, Stränge, Drähte, Kabel heraus, aber auch das schloss sie nur fester ein. Ließ den ganzen Tag von vorn beginnen. Dieser Ort verfügte über Mittel, sie festzuhalten, gegen die die Hoffnung, irgendwann frei zu sein, einfach nicht ankam.

Sie versuchte, allen mitzuteilen, dass die Psychologie zu erforschen der falsche Weg war, dass sie zur Betrachtung der Oberfläche zurückkehren mussten. Aber schon, als sie das sagte, hallten ihr die eigenen Schreie in den Ohren wider. *Wir haben die Oberfläche komplett aus den Augen verloren, und wie nützlich ist es, die Oberfläche zu studieren, und wenn wir zu lesen versuchen, was darunter ist, erfinden wir das einfach frei.* War sie deshalb hierhergebracht, gefangen gesetzt und bestraft worden? Weil sie irgendwie diese Geschichten über den Wirklichkeitsgehalt des Darunterliegenden nicht glaubte? Aber auf diese Art und Weise zweifelte sie das gar nicht an. Sie wusste sehr wohl, dass ein Darunter existierte, aber vielleicht sagten ja alle: *Nein, tust du nicht, du hast vergessen, wie wirklich das Darunter ist.* Sie hatte dessen Macht vergessen. Wie stark es war und wie es sie unterpflügen konnte, und schlussendlich konnte es sie unten festhalten, sodass nicht einmal mehr Annie sie hörte, wo auch immer sie war. So hatte Mira das nicht gemeint! Aber vielleicht doch. Jetzt war sie verwirrt über die Oberfläche *und* das Darunter.

Da drang plötzlich ein Lichtquadrat in das Blatt und brach es von der Mitte her auf, und das Gold der Sonne strömte durch seine Adern, sodass Leben spross, anstatt zu enden, und Mira fiel herab, -ab, -ab aus dem Blatt.

Dann hörte sie ihren Vater sagen: *Jetzt ist meine Tochter woanders, und wenn ihr diese Seite des Universums etwas zu sagen hat, werde ich das, was sie getan hat, vor ihm verbergen und für uns beide* Ich *erwidern.*

VIER

Annie und Mira wollten sich unterhalten, deshalb nahmen sie ihre Teetassen und setzten sich unten ins Treppenhaus, und später gingen sie, weil Annie nach etwas Süßem war, hinaus auf die Straße, betraten eine Confiserie und schauten lange durch die Glastheke, um sich über die Auswahl der Pralinés zu einigen. Annie wollte ein taubengraues, an einen Kristall erinnerndes, ungefähr so groß wie ein Holzapfel. Sie meinte, so ein schönes Rautenförmiges habe sie schon immer mal probieren wollen. Aber dann sah Mira, wie die Bedienung ein paar von ihnen auf ein Tablett stellte, und sie rief Annie zu sich und zeigte ihr, dass sie nicht aus festem Kristallzucker bestanden, wie Annie sich das vorgestellt hatte, sondern wackelten wie Götterspeise und dass an ihnen nichts besonders oder magisch war.

Dann gingen sie ins Café hinüber und setzten sich an ein rundes Tischchen. Mira fühlte sich Annie nahe. Wenn sie nicht so eng verbunden waren, wie zwei Menschen es vielleicht sein konnten, saßen sie doch immerhin am selben Tisch, und das war ziemlich gut. Sie mussten nicht so eng verbunden wie möglich sein, damit es gut war. Mira wusste, dass Annie schon andere in diese Confiserie mitgenommen und sich mit ihnen eine Neunerbox Pralinés geteilt hatte.

Mira hatte angenommen, dass sie für immer in dem Blatt bleiben musste. Sie hatte geglaubt, das sei nunmehr ihr Körper – und damit ihr Leben –, nichts, was man einfach abschütteln konnte. Sie hatte beinahe vergessen, wie es war, nicht in einem Blatt zu leben. Dann war Annie gekommen und hatte sie herausgeholt. Annie hatte sie gefragt, ob sie auch Pralinés wollte. Annie war klar geworden, dass Mira in einem Blatt lebte, aber sie hatte eine Weile gebraucht, um es zu sehen. Sie hatte Mira gesehen, ohne zu verstehen. Dann, nach vielen Monaten, hatte sie endlich verstanden, was sie sah; dort, in dem Blatt, war Mira.

Annie hatte ihr sagen wollen und tat es auch: *Du hast dich einfach in ein Blatt verkrochen.* Sie erzählte Mira alles, was sie gesehen hatte, ohne es irgendwie zu bewerten. Sie sagte nicht: *Du kannst so lange in einem Blatt bleiben, wie du willst*, aber sie sagte auch nicht: *Du solltest dich nicht in Blättern aufhalten.* Sie erzählte Mira nur, was sie gesehen hatte: dass Mira sich in einem Blatt verkrochen hatte. *Du bist in letzter Zeit wirklich sehr grün im Gesicht und sehr still, und ich frage mich, wie es dir geht.* Das hatte Annie ganz sanft gesagt, mit den Lippen sehr nahe an dem Blatt, als wollte sie es küssen, und auch ihr Atem streifte es wie bei einem Kuss, und dieser Atem kitzelte Mira ein bisschen. Und Mira spürte sich raschelnd zum Leben erwachen, als fühlte sie ihren Körper zum ersten Mal und hörte auch zum ersten Mal nach so langer Zeit den Klang einer menschlichen Stimme.

Annies Atem strich über sie, ließ sie erzittern; dann erwachte sie bebend zum Leben und erkannte, was ihr fehlte und wie sehr es ihr fehlte. Obwohl sie glücklich gewesen war, so weit von allem entfernt zu sein, erkannte sie, dass es ihr fehlte. Irgendetwas fehlte einfach. Sie hätte den Rest ihrer Tage dort verschlafen können, nichts spürend und nichts sehend. Sie fühlte sich zusehends heimischer dort. Warum wollte sie all diese Gefühle zurückhaben, wenn Gefühle und Menschen so schwierig geworden waren? Aber Gefühle und Menschen waren gar nicht so schwierig. Die Menschen liebten sie, zumindest einige, vielleicht auch nur Annie. Sie musste sie geliebt haben, denn niemand sonst war gekommen, um sie in dem Blatt zu suchen und herauszuschütteln. *Es ist Zeit*, sagte leise eine klingende Stimme. Aber genauso wenig, wie sie auf den Tod ihres Vaters vorbereitet gewesen war, als sie von seiner Erkrankung erfuhr, war sie nun auf ihre Rückkehr in die Welt vorbereitet. Sie fühlte sich zu müde dafür. Sie wollte nicht geweckt werden. Wollte allein gelassen werden. Da im Blatt war es recht nett. Und sie mit ihrem Vater zusammen. Sie war nicht scharf auf die Gesellschaft anderer Menschen, die ihr im Vergleich nichts bedeuteten. Sie wollte nur unten am Wasser sein oder wo auch immer ihr Vater sich aufhielt. Er war gestorben, und Mira hatte ihn an einen schönen Ort gehen sehen, wo er kein Mensch mehr sein musste, hatte auch gesehen, dass man vor dem Tod keine Angst zu haben brauchte; also hatte sie den Schritt furchtlos getan. War ihm dorthin gefolgt. Doch wie konnte sie bleiben, wenn Annie so an ihrem Zweig rüttelte? Mira sah ihr schönes Gesicht, das Gesicht des Menschen, der gekommen war, sie zu retten. Es war mutig gewesen von Annie, sie in ihrem Blatt zu stören, in dem sie nicht ungern geblieben wäre. Aber ewig wäre sie eben auch ungern geblieben. Selbst ohne Annies Liebe hätte sie irgendwann das Gefühl gehabt, es sei Zeit herauszukommen.

~

Annie meinte, sie wolle einen dieser großen taubengrauen Kristallzucker probieren, und Mira sagte, sie werde eine der Schokotrüffeln nehmen, und als Annie schon am Tischchen saß, rief Mira versehentlich ihre Mom, drehte sich am Tresen um und rief: *Mom!* Dann versuchte sie die Sache lachend zu vertuschen, indem sie erklärte: *Ach, ich schau mir nur gerade die Pralinen an, auf denen* Mom *geschrieben steht.* Sie erkundete mit einem Seitenblick, ob es überhaupt solche gab, und tatsächlich waren da ein paar. Annie hatte sie vom Schlafzauber des Todes befreit, und Mira sagte, sie wolle Rosenblütentee trinken. Sie wollten Tee trinken, Cookies und Pralinés essen, aber nicht den schönen taubengrauen Kristallzucker, der Annie ursprünglich vorgeschwebt hatte. Annie hatte festgestellt, dass er doch schöner anzuschauen als zu essen war, was ja für einiges auf der Welt gilt.

Während Mira Annie nun gegenübersaß, fragte sie sich, ob dies vielleicht auch für sie beide galt, dass manchmal jemand dazu bestimmt ist, sich auf Distanz zu dem, den er oder sie liebt, durch die Welt zu bewegen, und dass diese Distanz dazu dient, alles schöner zu machen. Zu allem die richtige Distanz zu wahren ist das Wichtigste im Leben. Auf Abstand zu gehen, wie Gott, der von der Staffelei zurücktritt – denn wenn du zu nah dran bist, kannst du nichts sehen, und wenn du zu weit zurücktrittst, kannst du auch nichts sehen. So saß sie also dort am Tischchen in der Confiserie Annie gegenüber. Über dieses Tischchen hinweg hatte Annie es geschafft, Mira zurück ins Leben zu holen – ins Leben als Mensch.

~

Dann gingen sie die Straße mit ihren Gebäuden aus Backstein und Beton und dem Asphalt unter sich entlang, den Himmel über sich und einen dunklen Schatten auf der Straße, durch die sie liefen. Sie waren aus Annies Treppenhaus gekommen, wo sie auf den Stufen gesessen hatten, und Mira hatte ihren Mehrwegbecher dort vergessen, aber Annie hatte ihren mitgenommen, damit sie zusammen irgendwo hineingehen mussten. Viele Orte boten sich an, und Annie lud Mira ein, sie zu begleiten.

Mira hatte vergessen, dass Annie über diese Art von Güte verfügte: Sie verströmte eine Unschuld, die selbst Unschuldige nicht kannten. Mira hatte vergessen, wie zerbrechlich Annie war. Sie hatte vergessen, wer von ihnen die Waise war, wer alles hatte und wer nichts. Teils lag dies an der Welt, in der sie lebten – der gewöhnlichen Welt, in der dergleichen in Vergessenheit geriet. Annie war diejenige, die nie Eltern gehabt hatte. Für sie war ein Gebäude in einer grauen und sehr großen Stadt alles, was sie an Mutter und Vater besaß, staubig und trostlos, mit zu dünnen Bettdecken, unter denen die Zehen hervorguckten. Während Mira jeden Abend von ihrem Vater zugedeckt wurde und die schönsten Geschichten erzählt bekam – von Liebe, Prinzessinnen, goldenen Bällen, Brunnen, Verwandlungen und Fröschen –, Geschichten, die ihr Vater auf ihr eifriges Bitten hin erfand. Während Annie ihre eigenen Geschichten erfinden musste und nicht besonders gut darin war. Manchmal nahmen die Geschichten, die Annie sich erzählte, kein Ende, wurden immer düsterer an dem langen dünnen Faden, dem sie folgte, und niemand führte Annie sanft zurück. Wie hatte sie also Mira zurückführen können? Annie wusste um die Gefahr, dass man sich so weit entfernte, bis man nicht mehr zurückfand. Sie merkte, dass genau dies Mira geschah, deshalb half sie ihr, den Faden ihrer Geschichte aufzuwickeln. Es war ein vorsichtiges Aufwickeln, Verknüpfen und Ihr-Zurückgeben, damit sie nach Belieben damit umgehen konnte. Der Faden war ein weicher weißer, wie sie in Confiserien zum Verschnüren der dünnen Pappschachteln benutzt werden. Annie gab ihn Mira, und nachdem sie an diesem Tag auseinandergegangen waren – und sich neun Pralinés geteilt hatten –, verstand Mira, dass sie ihn auch wieder abwickeln konnte, sogar immer auf die gleiche Weise. Doch sie behielt ihn in der Tasche, bog mit den Fingern zärtlich die Schlaufen auf, drückte den Faden dann wieder zusammen, aber nach einer Weile wollte sie nicht einmal mehr das. Bald wurde ihr schlecht, wenn sie ihn berührte; ihn die ganze Zeit in der Tasche zu haben wurde ihr zu viel. Also legte sie den Faden, den Annie ihr gezeigt hatte, in die Teetasse auf ihrem Schreibtisch.

FÜNF

Bist du traurig, weil du in der ersten Version lebst – in dieser hastig zusammengeschusterten, wuchernd missgebildeten Form des Daseins?

Nein, du bist stolz, weil du stark genug bist, im Hier und Jetzt zu leben, als einer von Gottes Fußsoldaten in der ersten Version der Welt. Erschaffen worden zu sein, um eine bessere Welt zu ermöglichen, erzeugt einen gewissen Stolz. Es erzeugt einen gewissen Stolz, einer von denen zu sein, die erschaffen wurden, um ausrangiert zu werden.

Erste Versionen haben etwas Aufregendes – sie sind anarchisch, improvisiert, lebensprall und voller Fehler. So eine erste Version hat etwas, das die zweite nicht hat.

Unser Leben ist ein Jammertal, aber was ist mit dem Nervenkitzel, gemeinsam in dieser furchtbaren Zeit zu leben und zu wissen, dass es mit der nächsten Version nicht mehr so furchtbar sein wird? Den Leuten wird dann etwas fehlen, das wir in unserem Leben haben, aber gar nicht genießen können, weil wir nicht glauben, dass jemals eine Welt kommen wird, in der unser spezifisches Leid nicht mehr existiert.

Wird es in der nächsten Welt noch Zeugung geben? Romantische Liebe? Oder werden die Leute nur ewig abhängen und ein Universum lieben, das so rein und gut ist, dass niemand mehr Kinder braucht, um zu lernen, was Liebe ist? Wie seltsam und traurig wird denen unsere Welt vorkommen – falls sie jemals davon erfahren – und dass wir einst Menschen mit unserem eigenen Körper erschaffen mussten, damit uns unter den Milliarden, die schon lebten, jemand liebte und wir ihn zurücklieben konnten. In der nächsten Version des Daseins wird jeder jeden lieben, und sie werden auf unser Leben blicken und schaudernd denken: *Bevor sie einen Menschen aus ihrem schmutzigsten Körperteil gepresst haben, hatten sie niemanden, den sie wirklich lieben konnten – außer ihren eigenen Eltern, die wiederum sie aus ihrem schmutzigsten Körperteil gepresst haben.* Wie krude und bizarr wird ihnen unsere Welt dann vorkommen! Wie klein, tragisch und unvollkommen, wenn sie daran denken, was wir tun mussten, um Liebe zu finden.

Und doch können wir erkennen, was daran schön ist. Wir sehen die Schönheit auf eine Weise, wie sie sie nie verstehen werden. Sie werden sie nie verstehen in dieser nächsten Version der Welt, die so viel ganzheitlicher sein wird. Könnte jemand von uns, von uns Geschöpfen der ersten Version, diese Ganzheitlichkeit auch nur ertragen? Würden wir uns in einer so außerordentlichen Welt nicht irgendwie unbehaglich fühlen?

Da sind wir nun, leben im Abspann am Ende des Films. Jeder möchte seinen Namen auf der Leinwand sehen. Und wer immer es wirklich will, bekommt ihn irgendwie drauf. Das ist zurzeit unser kollektiver Job: unsere Namen auf die Leinwand zu kriegen. Hier am letzten Ende der Welt wurde uns die Technologie für diese eine Kleinigkeit geschenkt, diesen einen Trost, diesen Deppenpreis.

~

Ich würde gern nach meinem Tod zurückkehren und –

Was?

Schauen, ob die Menschheit mein Werk erhalten hat. Ob meine Kunst in fünfzig, fünfundsiebzig oder hundert Jahren noch gezeigt wird.

Du willst also auf die Erde zurückkehren, um dich zu googeln?

Ja. Unsterblichkeit bedeutet, dass du dich in alle Ewigkeit googeln kannst.

Dann wurden die Tage sehr düster. Die Silhouetten der Bäume ragten gen Himmel, und Leute auf Rädern strampelten dunkel vorbei. Sie betranken sich und radelten durch einen furchtbaren Wolkenbruch.

Es gab Wolkenbrüche, und es gab Hitze – eine furchtbare Hitze. Sie hielt an und an und wollte nicht enden, wie wenn sich dein dicker älterer Bruder auf dein Gesicht setzt. Wir lagen unter unseren Brüdern und schwitzten. Wer hätte gewusst, dass die Welt sich so aufheizen würde, wo sie doch einmal kühl gewesen war und das Leben gerade erst begonnen hatte?

Damals hatte sich die frische kühle Luft wie der Beginn von etwas Besonderem angefühlt. Adam und Eva erfreuten sich in ihrem Garten Eden einer hübschen Frühlingskühle. Beide fröstelten ein bisschen, die Tiere auch, und die Luft war so kalt wie Glas. Damals zu Anbeginn der Zeiten war die Luft sehr klar. Es flogen nicht überall diese Staubteilchen durch die Gegend; der Staub der Jahrhunderte und Jahrtausende um uns herum. Zu Anbeginn der Zeiten gab es keinen Staub. Die Hautschuppen eines jeden Menschen, der jemals gelebt hat, sind über Jahrtausende unter so viele Möbel, unter so viele Teppiche gekehrt worden. Und doch verschwindet der Staub nicht! Er setzt sich überall ab. Wie leicht und frei die Blätter einmal waren und wie glücklich die Vögel ist schwer vorstellbar. Im Staub der Toten durchlaufen wir unsere Tage. Kaum zwei Minuten aus der Dusche, schon sind wir wieder schmutzig. Man mag gar nicht darüber reden, es ist einfach zu ekelhaft.

Wir hingen in einer Suppe fest, einer so bedrückenden und tiefen Depression, dass wir von ihren Auswirkungen gar nichts merkten. Die Luft und unser Leben standen schrecklich still. Stille herrschte in der Stille der Zeit. Wie in einem Flugzeug, das langsam zur Erde trudelt. Hast du die anderen Menschen wahrgenommen oder nicht? Hast du jemandes Hand ergriffen und zu ihr oder ihm *Ich liebe dich* gesagt, selbst wenn ihr euch gerade erst kennengelernt hattet? Oder hast du die Augen fest verschlossen, an deine Liebsten, deine Vergangenheit gedacht oder gebetet? Wir wuselten zwischen diesen Herangehensweisen hin und her wie Käfer – manchmal betend, manchmal die Augen fest verschließend, manchmal an die Vergangenheit denkend und manchmal *Ich liebe dich* zu einem Menschen sagend, den wir gerade erst kennengelernt hatten –, während es mit der Zivilisation langsam abwärtsging. Und offenbar war überall Plastik im Wasser, sogar in dem geprüften sicheren aus Plastikflaschen.

Waren wir wirklich die Glücklichen, weil auserwählt, in dieser schrecklichen Zeit – dieser herzzerreißenden Zeit – zu leben, wo dir doch jeder Moment der menschlichen Zivilisation das Herz zerreißen wird, aber keiner mehr als ihr Ende?

Wie einsam war es am Ende der Welt, ohne dass all die Menschen, die vor uns gelebt hatten, es mit uns teilten. Wir wollten, dass sie zu diesem Moment zurückkehrten. Wir verstanden, warum in apokalyptischen Geschichten die Knochen der Toten über die Erde zogen und alle, die jemals gelebt hatten, sich an einem Ort versammelten. Einfach weil der Lebende die Gesellschaft der Toten will. Wir wollen, dass unsere Vorfahren uns helfen. Wir haben Angst. Wir wollen ihre Gesellschaft, und wir wollen, dass sie das Ende sehen, wie ein sterbender Vater seine Liebsten nahe bei sich ums Fußende seines Bettes geschart haben will. Also wünschen wir uns alle her, die jemals gelebt haben, während die Welt, an der wir alle teilhatten, schließlich ans Ende kommt. Wir spüren, dass sie das Recht haben, das Ende zu sehen, am letzten Tag dabei zu sein. Jeder Mensch, der jemals gelebt hat, ist Teil dieser Version, die nun ans Ende kommt, deshalb sollten sie alle versammelt sein, wenn der Vorhang fällt.

Wie werden die Menschen aus der nächsten Version über diese erste denken – falls sie eine Erinnerung daran behalten? Sie werden sich so daran erinnern, wie wir uns an unsere erste Liebe erinnern. Die zweite Version wird wie eine reife Liebe sein: dauerhaft, fair, stabil und richtig. Nicht wie eine erste Liebe: kurzlebig, schmerzhaft, orientierungslos und ganz falsch. Sie werden auf die Welt, in der wir leben, mit einer gewissen Fassungslosigkeit und Ehrfurcht zurückschauen und nicht recht glauben, dass das Leben jemals so war, so wie wir nicht mehr glauben können, die erste Liebe erlebt zu haben, wenn wir in einer reifen leben. Irgendetwas in uns wird immer die erste lieben und sich ein bisschen danach sehnen. Genauso werden die Menschen aus der nächsten Version des Daseins in ihrem tiefsten Wesenskern ein Wissen um diese erste Version bergen – chaotisch, schmutzig, gefährlich und falsch –, so verschieden von der schönen Welt, die sie eines Tages erben werden.

~

Vielleicht sehnen wir uns eigentlich gar nicht nach unserer ersten Liebe, trotz all der Lieder und Geschichten, die uns das einreden. Vielleicht trainieren wir einfach die menschliche Seele für die tiefere Sehnsucht, die sie eines Tages empfinden wird, wenn sie im verborgenen kleinen Wesenskern spürt, dass diese erste Version der Schöpfung existiert hat, und dorthin zurückwill, so unvollkommen sie auch war.

Vielleicht trainiert die menschliche Seele für eine Sehnsucht, der sie niemals entkommen kann, wenn sich die Menschen erst einmal in der nächsten Version des Daseins eingerichtet haben. Dieser Ort wird so viel besser sein – in allen wichtigen Belangen. Er wird glückselig sein im Vergleich zur uns geschenkten Welt, in der wir hausen wie Teenager in einem Gebäude mit an die Wand gemalten Pimmeln.

Aber genauso wenig wie diese künftigen Menschen je in der Lage sein werden, zu dieser Version zurückzukehren, können wir uns die Welt zurückerobern, die wir mit unserer ersten Liebe bewohnt haben. So wird es in der nächsten Version auch Gott gehen, wenn er dunkel von unserer Welt träumt. Er wird sich nicht ernsthaft wünschen, mit uns hier sein zu können, doch er wird spüren, dass der Vergangenheit eine außergewöhnliche Vitalität zu eigen war, die der Gegenwart fehlt.

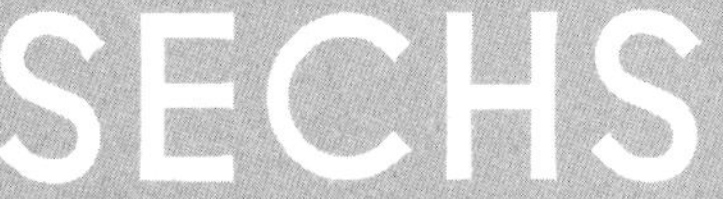

SECHS

Jetzt arbeitete Mira bei einem Juwelier in der Abteilung für edelsteinbesetzte Ringe. Da gab es violette zu Ovalen oder Quadraten geschliffene Amethyste, winzige Birnen und Tränen, allesamt leuchtend und schwitzend. Klitzekleine Diamanten funkelten, halbmondförmig in Gold gefasst. Es gab Weißgold, Rotgold, Gelbgold in allen Schattierungen und eisige Platinringe, die aus der Tiefe heraus ein ganz eigenes Blau abstrahlten. Mira saß da und besah sich den ganzen Tag lang diese Ringe. Ein eleganter, mit sechsunddreißig Facetten in Rechteckform gebrachter Citrin war von winzigen weißen Perlen umschlossen; er saß wulstig, solide auf dem Finger wie ein Miniaturei. Wassermelonen-Turmaline mit ihren ins Grüne übergehenden roten Bändern schrien danach, wie Süßigkeiten abgeschleckt zu werden, an jedem Ende eine andere Geschmacksrichtung. Einige Ringe waren in zartestem Orange oder grellem Grün emailliert. Auf einen Herrenring mit einem schwarzen Opal war eine Sternschnuppe graviert.

Mira bewachte diese leuchtenden Früchte, die aus dem Erdinneren ausgegraben worden waren, um auf schwarzem Samt zu liegen und pulsierend zu funkeln. Dann kam eine Dame mit dicken, runzligen Fingern herein, um einen schweren Edelstein aufzustecken, oder eine mit dünnen, anämischen, die zu schwach waren, selbst das kleinste Schmuckstück sicher festzuhalten, und die Essenz seiner Schönheit verschwand aus dem Ring, sobald er am Finger saß.

Während ihre besten Kommilitoninnen und Kommilitonen für die Magazine schrieben, blieb Mira wie angewurzelt in dem Laden sitzen, gebannt von arroganten kleinen mitternachtsblauen Saphiren. Ihre früheren Profs wären nicht überrascht gewesen, sie gebückt hinter einer Ladentheke sitzen zu sehen.

~

Eines Tages las sie in einer Zeitung, dass Matty gestorben war. Es war ein schrecklicher Unfall gewesen. Sie hatten seinen Wagen mit ihm darin im Wasser gefunden.

Als sie den Nachruf seiner Frau und seiner zwei Kinder las, ging aus dem Ton und ihren Geschichten klar hervor, dass Matty immer ein Bär gewesen war. Natürlich erkennt man im Teenageralter erst in wenigen den Bären, denn sie haben sich noch nicht entschieden, für wen sie leben wollen. In seinen mittleren Jahren arbeitete Matty fleißig im Eisenwarengeschäft seines Schwiegervaters mit. Er hatte nicht als Kritiker die Welt erschüttert.

An diesem Tag sahen all die harten Juwelen aus wie Wasser. In Miras Brust herrschte völlige Leere. Am Nachmittag wurde ihr aufgetragen, einen feurigen, mit vierzig Diamanten gerahmten Rubin zu verkaufen. Als sie sich weigerte, holte ihr Chef die Kollegin aus der Uhrenabteilung, und Mira wartete, während der alte Mann mit Karte bezahlte: sechzigtausend Dollar.

In den mittleren Jahren findest du nicht mehr so leicht Zugang zur Kultur wie früher. Du bist mehr oder weniger außen vor. Die Party findet hinter verschlossenen Türen statt. Du kannst sie kaum hören, und das bisschen, was du so aufschnappst, ist nicht die ganze Geschichte. Bloß ein paar Geräusche durch die Wand zu hören macht keinen Spaß. Aber die jungen Leute haben dich nicht ausgeschlossen, also beneide sie nicht, wo sie noch nicht mal sonderlich viel Spaß haben. Dass sie toll aussehen, heißt noch nicht, dass sie sich auch toll fühlen.

Gott will nicht, dass die Kritik am dynamischsten Teil der Kultur von Leuten aus der Mitte des Lebens kommt, deshalb wird dir ihr Kern unsichtbar gemacht. Doch wenn Gott dich gegenüber der Kultur blind werden lässt, öffnet er dir die Augen für alles andere. Aber was gibt es da noch? Die Jahreszeiten, Vögel, den Wind in den Bäumen. Deshalb jage nicht deinen alten Ansichten nach. Lerne, neu zu sehen. Momentan mag sich das wie Blindheit anfühlen oder so, als verstündest du nicht, was du siehst, aber es gibt schon noch genug zu schauen. Gott kümmert es nicht, was du von einer *Band* hältst. Gott hat dir ein Loch in den Kopf gemacht, durch das dergleichen herausfällt. Und doch versuchst du, es immer wieder hineinzustopfen! Das Loch in deinem Kopf ist ja nicht grundlos da. Das Loch in deinem Kopf lässt nur manches herausfallen, anderes nicht. Finde, was nicht herausfällt, und füll dir den Schädel damit.

Auf halbem Weg durchs Leben nehmen uns die Götter Dinge. Denk an all das, was in der Lebensmitte passiert: der Verfall des Körpers, der Tod von Freunden, der Jobverlust, der seltsame Wandel des Zeitgefühls. All dies ist ein Zeichen dafür, dass uns etwas genommen wird. Die Götter nehmen uns unsere Eltern, unseren Ehrgeiz, unsere Freundschaften, unsere Schönheit – nehmen verschiedenen Leuten verschiedene Dinge. Einigen mehr, anderen weniger. Sie entziehen uns, was immer sie brauchen, um uns klarer zu sehen.

Dass man mit fünfundzwanzig gedankenlos geheiratet hat, mag im Licht der Jugend verzeihlich sein, aber im Moment dieses Entzugs werden wir so betrachtet, als hätte ein altersloser, vollkommener Mensch das getan. Mit dem Entzug von Glanz und Schönheit unserer Jugend sieht jede unserer Handlungen anders aus. Jetzt können wir unsere Entscheidungen als eigenständig betrachten, nicht als reine Schritte auf dem Lebensweg, denn wenn Fortschritt in der Geschichte der Menschheit eine Illusion ist, dann ist er auch eine im Leben des Menschen.

~

Im Moment dieses Entzugs erkennt sich der Mensch besser. Wir sehen unsere Mängel und Beschränkungen, wie wir es nie zuvor konnten. Leben und Ich orientieren sich neu, wenn die Götter ein Auge auf uns haben.

Die wenigen Momente echter Präsenz, die wir im Leben empfunden haben, könnten bedeuten, dass ein Gott in jemandem weilte, dem wir nahestanden, und die- oder denjenigen benutzt hat, um uns zu sehen. Die wenigen Momente echter Einsicht in andere, die wir je erlebt haben, könnten anzeigen, dass in diesem Augenblick ein Gott in uns weilte und uns benutzt hat, um diesen Menschen zu sehen. Wenn er dessen Charakter erhellt, ist es, als würde in einem abgedunkelten Raum ein Licht angeschaltet. An diesen Moment der Klarsicht erinnern wir uns vielleicht besser als an jeden anderen im Leben.

Wer durch dich von den Göttern beobachtet wird, entwickelt oft eine gewisse Verbundenheit mit dir. Die- oder derjenige wird dann oft an dich denken und du auch an sie oder ihn. Oft passiert es zwei solchen Menschen, dass ihr Leben schicksalhaft verbunden wird. Sie können sich mögen oder nicht oder gar nichts Eindeutiges für den anderen empfinden, aber hier sind sie und umkreisen einander auf geheimnisvolle Weise für Minuten, Stunden, Wochen und Jahre, als ginge da etwas Wichtiges vor.

Wenn einen Menschen plötzlich der Wunsch überkommt, sein Leben schnell und dramatisch zu ändern, ist das oft der Wunsch, sich dem Auge der Götter zu entziehen. Das mag sich anfühlen, als kündige sich etwas Bedrohliches an – etwas Gefährliches, vor dem er fliehen muss. Er schiebt es dann vielleicht auf die Entscheidungen, die er getroffen hat, oder kommt zu der Überzeugung, dass er sich ein besseres Leben einrichten kann als sein gegenwärtiges. Vielleicht macht er aber auch den Menschen für sein Missbehagen verantwortlich, in dem die Götter gewohnt haben, und flieht dann buchstäblich aus seinem eigenen Heim. Manche ziehen in eine kleinere Stadt oder zurück zu jemandem, den sie mal geliebt haben, und versuchen, mit ihm zusammenzuleben. Junggesellen wollen heiraten, und Verheiratete wollen die Scheidung, um noch ein einziges Mal die Chance auf das tolle Leben wahrzunehmen, das sie verdienen.

Aber die Götter, die dich aus einem anderen Menschen heraus beobachten, verschwinden nicht, wenn du aus deinem Leben fliehst. Sie werden den Körper deines Kindes, deiner Nachbarin oder deines Freundes verlassen – in wem auch immer sie gewohnt haben, um dich zu beobachten –, einen anderen in deiner Nähe finden und dich weiter beobachten.

Manchmal nehmen die Götter die Gestalt von Bakterien oder Viren an, und oft ist eine Krankheit einfach nur das – ein Schwarm invasiver Götter. Auf ihr Eindringen geht dann ein Teil deiner Erschöpfung zurück. Sie benutzen deinen Körper, um jemanden in deiner Nähe zu beobachten, um zu sehen, wie die Menschen in dieser Version der Welt sind, damit sie in der nächsten verbessert werden können.

Manchmal töten die Götter die Körper derjenigen, in die sie eindringen. Sie reden sich dann ein, sie machten sie nur deshalb sterbenskrank, um zu einem Urteil über die Menschen um sie herum zu gelangen, um zu sehen, wie sie sich in so einer kritischen Situation verhalten. Aber eigentlich haben sie bloß noch nicht raus, wie man jemandes Körper verlässlich verlassen kann, ohne ihn dabei versehentlich umzubringen.

In der Woche, als Mira ihr Vater genommen wurde, spürte sie, wie die Götter in ihm sie beobachteten. Da sah sie, wie sie wirklich war: dass sie die Kunst und Bücher mehr geliebt hatte als ihren eigenen Vater. Die Götter registrierten das, dann flohen sie.

Wie Mira es hasste, in dieser Version der Schöpfung ein Vogel zu sein. Wie sehr sie sich wünschte, sie wäre wie ihr Vater als Bär geboren!

~

Mira fühlte sich elend. Hätte sie die Vergangenheit auslöschen können, sie hätte es getan. Sie hatte so viele Gelegenheiten verstreichen zu lassen, Zeit mit ihm zu verbringen. Sie hatte ihrem Vater wehgetan und sich selbst beraubt.

Aber wollte sie die Vergangenheit auslöschen, weil sie falsch gelebt hatte, oder war Reue nur ein in ihr angelegter Systemfehler? Für Gott war das Wichtigste an ihr der kritische Impuls – eben der Wunsch, Dinge auszulöschen. Das zählte am meisten an ihr. Aber er ließ sie auch leiden. Wenn sie an das Leben mit ihrem Vater zurückdachte, wollte sie sich an ihr gemeinsames Gelächter, seine Tatkraft, seine Freundlichkeit und an alles erinnern, womit sie ihm gutgetan hatte, an alles Liebevolle und Gelungene. Warum konnte die Schönheit, die sein Tod ihr gezeigt hatte, nicht stärker sein als ihr Wunsch zu ändern, was zuvor gewesen war?

Er hatte Mira nicht sagen wollen, dass sein Tod bevorstand, weil er sich wünschte, dass sie ihr Leben weiterführte. Aber zugleich wollte er sie in seiner Nähe haben, und vor allem in seinem Todesjahr war er gegen seinen Willen manchmal verstimmt darüber, dass sie nicht öfter mit ihm zusammen war. Sie hatte ihm ja nahe sein und viel Zeit mit ihm verbringen wollen, aber etwas in ihr hatte sie auch, vielleicht mehr als angemessen, von ihm ferngehalten. Es schien ihr wichtig und irgendwie auch notwendig, ohne ihn draußen in der Welt klarzukommen, so als verschafften sich die Erfordernisse der Vergangenheit wieder Geltung, wo sie auf Distanz bedacht gewesen war, um nicht endgültig in den Brunnen ihrer Zweisamkeit zu fallen. Er gestand ein, dass auch er das gewollt hatte – dass sie ohne ihn draußen klarkam. Beide wollten dasselbe – dass der andere sein eigenes Leben führte –, aber sie wollten sich auch nahe sein und ein gemeinsames Leben führen.

In diesem letzten Jahr, in dem beide Scheuklappen trugen und keiner das bevorstehende Ende sehen wollte, fiel es ihr schwer, bei ihm zu sein. Er hatte sich elend gefühlt, weil er erst wollte, dass sie blieb, und dann, dass sie sofort wieder zurückkam, und sie sich schuldig, weil sie hatte gehen wollen. Aber sie brachte ihm alles mit, was sie draußen in der Welt fand; etwa Karamell in silberblauer Folie. Nur kam sie nicht immer mit Geschenken zurück, denn sie fürchtete, zu seiner Frau zu werden. Als kleines Kind hatte sie dieses Gefühl zwischen ihnen geliebt, und er hatte ihr Geschichten über die drei Brüder erzählt, die sich in die Welt hinaus aufgemacht hatten, jeder auf der Suche nach seinem eigenen Schatz, und jeder war mit etwas Besonderem zurückgekehrt und hatte damit das vom Vater aufgegebene Rätsel auf seine eigene einzigartige Weise gelöst. Mit welchem Rätsel war wohl Mira in die Welt hinausgesandt worden? Vielleicht mit: *Was ist die richtige Distanz für die Liebe?*

~

Dieses ganze Sicherinnern ermüdete Mira, wie damals in dem Jahr, als ihr Vater gestorben war, während sie in seinem Haus bei ihm gesessen hatte und ein seltsames Narkotikum durch ihre Adern zirkuliert war, das sie zutiefst müde werden und pausenlos gähnen ließ, das schwerste Narkotikum, das sie je kennengelernt hatte; sie saß da auf dem Sofa mit ihm, und das Gewicht dieses Jahres war so erdrückend wie Schlaf. *Warum machst du nicht ein Nickerchen auf der Couch?*, fragte er sie, und dann sagte sie, nein, sie müsse nach Hause. Sie konnte sich nicht in diesem Haus des Todes und des Sterbens auf seinem Sofa dem Schlaf überlassen, obwohl sie einmal tatsächlich dort eingeschlafen und so entspannt und heiter aufgewacht war, als gehörte ihr Herz einem reinherzigen Kind. Er hatte mit Kopfhörern ferngesehen. Ganz in seiner Nähe in seinem Haus aufzuwachen war so schön gewesen.

Das war schon alles an Leben, was sie in der ersten Version ihrer Existenz miteinander verbrachten.

~

Sie erinnerte sich daran, wie er ihr von der Türschwelle aus zum Abschied gewinkt und sich nicht umgedreht hatte und wieder hineingegangen war, bis sie halbwegs die Straße hinauf gewesen war, außer Sicht seiner nachlassenden Augen und sogar noch etwas weiter.

Der schmale Rücken ihres Vaters in seinem dreifarbigen Jersey und seiner Khakihose. Sein schmaler Körper und wie sie hinten die Wirbel spürte, wenn sie ihn umarmte, jeden einzelnen in seinem Rückgrat, und die kratzigen Stellen auf seiner schlecht rasierten Wange, wenn sie ihn zur Begrüßung küsste. Und als sie beim Ausräumen einen Monat nach seinem Tod das Bild über dem Fernseher abhängte, pulsierte in dem Rechteck auf der Wand dahinter leise die Form eines Herzens, als liebe auch das Haus sie wirklich, so wie ihr Vater, der dort mit dem Gesicht zur Wohnzimmerwand gesessen und Mira an jedem Tag seines Lebens geliebt hatte.

Liebe zu seinem Kind zu empfinden ist leicht. Nichts auf der Welt ist leichter. Väter entwickeln oft eine besondere Liebe zu ihren Töchtern. Naturgemäß willst du dein eigenes Kind im Licht deines Interesses und Stolzes erstrahlen lassen. Die eigene Schöpfung zu lieben ist einfach. Doch diese Schuld kann das Kind nie zurückzahlen – dass es sein Leben und all die Fürsorge erhalten hat. Das bringt es völlig aus der Balance.

Das Leben hat etwas Rücksichtsloses. Ihm scheint die Balance zu fehlen – und im Kleinen tut sie das auch. Aber niemand von uns ist in der Lage, genügend große Distanz zum Leben einzunehmen, um das doch irgendwie existierende Gleichgewicht zu sehen. Das Kind wird nie so, wie die Eltern es sich wünschen, und das darf auch nicht sein. Selbst wenn eine Tochter die Lehren des Vaters beherzigt, wird sie sich in ein Geschöpf verwandeln, mit dem er nicht gerechnet hat. Doch das ist zutiefst notwendig. So verändert sich nämlich die Welt, verändern sich Werte und Kritik. Ein Kind muss seinen eigenen Regeln folgen. Eltern können diese Werte oder Regeln niemals wirklich verstehen. Das Kind ist den Eltern fremd, was diese ein bisschen verletzt. Sein ganzes Leben mag ihnen wie Verrat vorkommen. Aber das Leben verrät niemals das Leben.

Eltern sollten sich nicht verraten fühlen, aber in der Kürze der Zeit tun sie es doch. Eine Tochter mag Schuldgefühle empfinden, weil sie ihren eigenen Gesetzen folgt, aber das Leben zwingt sie dazu. So war es auch mit ihrem Vater; sie denkt, sie wäre die Erste, die so leidet, aber das stimmt nicht. Nicht alle Eltern wissen im Voraus, dass Elternschaft mit diesem Schmerz endet, dass das Wichtigste für dich deinem Kind nicht am wichtigsten sein wird. Darunter leidet auch das Kind.

Die Eltern finden, das Kind sollte etwas dagegen unternehmen, aber da das dem Leben zuwiderläuft, kann das Kind es nicht. Keine Tochter hat die Regeln des Lebens erfunden, das seinen eigenen Gesetzen folgt, wie auch ihre Eltern und sie selbst. Zum Beispiel dem, dass eine Tochter ihren Vater verlassen und in die Welt hinausgehen muss. Das hat die Tochter sich nicht ausgedacht. Der Körper diktiert es. Der Körper wird erwachsen und kann nicht zurück.

~

Mira spürte, dass ihr Vater sie gern geheiratet hätte. Doch selbst wenn sie das gewollt hätte, sie hätte es nicht tun können. Das ist mit das Wichtigste, was das Leben verbietet. Vielleicht *weil* es der Elternteil wünscht. Deshalb muss das Leben es verbieten.

Soll sich das Kind daran schuldig fühlen, was das Leben verbietet? Nein, das Kind ist der natürliche Verbündete des Lebens gegen die Wünsche der Eltern, deshalb hat es mehr Macht und fühlt sich schuldig, weil es so viel Macht besitzt. Richtiger, so scheint ihm, wäre es andersherum.

Was hat Mira Widernatürliches getan, um ihrem Vater so viel Macht zu entreißen? Nichts. Es ist das Natürliche, vom Leben Gewollte, deshalb zwang es sie, es zu tun, indem es ihr einflüsterte: *Geh in die Welt hinaus und finde jemand anderen, den du lieben kannst. Während dein Vater allein ist und weint. Hör auf, immer an deinen Vater zu denken, der allein zu Hause sitzt und weint.*

Vielleicht kann sie ihren Vater jetzt heiraten, wo er tot ist. Das fiel Mira spontan ein, dann schlüpfte sie in ein Blatt. Bis Annie sie wieder herauszog.

SIEBEN

Annie war in eine Kleinstadt gezogen, um mit Gruppen zu arbeiten und sie von ihren kollektiven Wahnvorstellungen zu heilen. Mira hatte gerüchteweise davon gehört und war verwirrt und bestürzt gewesen, als sie es erfuhr. Einige Zeit war vergangen, seit sie sich zuletzt begegnet waren und Annie sie aus dem Blatt gezogen hatte, aber Mira dachte noch immer häufig an sie. Als Mira die Weisheit des Universums um sich herum verspürt hatte, hatte sie gelernt, dass als Aufräumer zu leben falsch war, und sie fand es wichtig, Annie das zu sagen. Sie glaubte nicht, dass Annie dafür bestraft werden würde, aber sie wollte nicht, dass sie ihr Leben verschwendete.

Mira glaubte zu verstehen, was Annie als Aufräumerin in dieser Kleinstadt zu erreichen hoffte: Die Menschen holten sich Aufräumer, weil sie es nicht mehr aushielten. Aufräumer hatten ihre eigenen Vorstellungen von den Dingen, von Beziehungen, von der Psyche und der Menschenwelt, davon, was Familienleben hieß, und dass Familien pervers waren. Sie dachten sich Geschichten aus und dokterten am den Menschen gegebenen Lebensgerüst herum, das so alt war wie ein Baum. Aufräumer waren wie Familiengärtner, die ihr den Ast absägten. Brauchte eine Familie einen Gärtner, der sie zurechtstutzte?

~

Dass ein Mensch seine Probleme gelöst haben will, ist nur natürlich, aber das gelingt uns so nicht einfach wie gedacht, indem wir zu Aufräumern werden. Wenn jemand an der Schöpfung herumpfuscht, pfuscht Gott zurück. Jede hoffnungsvolle Veränderung zum Besseren – so von Menschenhand gemacht – wird in Bälde von Gott revidiert werden, der eifersüchtig darauf bedacht ist, selbst der Aufräumer zu sein.

Annie war im Waisenhaus aufgewachsen, vielleicht hatte sie das also nie gelernt. Annie brauchte jemanden in ihrer Familie, die oder der ihr half. Wer war Annies Familie? Mira dachte: *Das bin ich.*

Deshalb beschloss sie, Annie in ihrem neuen Zuhause zu besuchen.

Es war ein schöner Herbsttag, als Mira mit den Kartons, die ihren ganzen Besitz enthielten, die Stadt verließ. Wo auch immer sie beim Fahren hinsah, stand ein leuchtend roter Baum oder ein wehmütig gelber, viele prangten noch in heiterem Grün, andere hatten grell orangefarbene Blätter, und noch nicht eines dieser Blätter lag spröde vertrocknet am Boden. Kein gehsteigfarbenes abgefallenes Laub. Miras Teil der Welt erlebte einen sich über drei Monate hinziehenden, äußerst trägen und üppigen Herbst, und der Winter drängte sich nicht auf. Der Winter würde schon noch kommen. Mira wusste, dass Blätter zu den besten Existenzgründen für Bäume gehörten. Sie fuhr unter Milliarden, Billionen Blättern, unter ganzen Blätteruniversen entlang, mehr Blättern, als jemals Menschen existiert hatten. An all denen flitzte sie in ihrem winzigen gelben Auto vorbei.

Beim Fahren fiel ihr ein, wie sie die ersten Male tief bewegt vor Manets *Spargel* gestanden hatte. Das lag an der Schlichtheit seines Ausdrucks, der Leichtigkeit seines Strichs, den gedämpften Farben, an der Unscheinbarkeit so eines Spargels und an Manets Namen, der wie ein schönes Blatt in der Ecke prangte. Es lag an der perfekten Balance zwischen Sorgsamkeit und Sorglosigkeit, daran, wie zart und bescheiden, aber mit Herzblut, er jede Linie gezogen hatte. Und sie wusste, sie würde sich immer zu seinen Bildern hingezogen fühlen – egal in welchem Museum der Welt.

Mira wusste, dass Menschen Kunst schufen, weil sie nach Gottes Ebenbild geschaffen waren – was nicht heißt, dass wir so aussehen wie er, sondern dass wir gern die gleichen Dinge tun. Leben und Kunst schaffen heißt gleichermaßen, Geist in Form zu gießen.

~

Jetzt fragte sie sich: *Was, wenn bei Manets Tod das Leben in ihm den Körper verlassen hatte und in ein Schwein geschlüpft war, das auf der Straße vorbeigetrieben wurde? Und was, wenn ein Teil seines Geistes in den neben ihm stehenden Arzt eingetreten war?* Würden sich diese geteilten Geister durch die Kraft irgendeines Magnetismus jemals wiederfinden? Steckte in einem Geist, der einst in einem Körper gewohnt hatte, etwas, das, selbst in tausend Fragmente zersplittert und hundert Jahre lang voneinander getrennt, die verschiedenen Körper, in denen diese Fragmente wohnten, zueinander bringen konnte?

Was, wenn etwas von dem Manet innewohnenden Geist durch Schweine, Pflanzen und Menschen gegangen und schließlich in Mira gelandet war und Manet sie deshalb so anzog – weil Geister eben verwandte Geister anziehen wie Waisen, die ihre Sippe suchen.

Künstler treibt der Geist in ihnen, Kunst zu machen, ein Kunstwerk zu erschaffen wie ein Signal oder Leuchtzeichen an ihre Sippe herbeizukommen. Deshalb ermüdet sie die Aufgabe nie. Ein Vogel findet es schwer, sich um einen einzigen Menschen zu kümmern, und zwar aus diesem Grund: Er hat das dringende Bedürfnis, einen ästhetischen Putz zwischen sich und der Welt aufzubringen, damit die Geister ganz werden können. Was steht also von der Qualität der Vogelliebe zu erwarten, wenn er sie Tag für Tag auf den Putz verwendet? Den Bären treibt dagegen nichts an, durch irgendeinen Putz zu lieben: Er kann sich viel direkter mit anderen Geschöpfen verbinden.

Und wie ist die Liebe für einen Fisch? Das fragte Mira sich besorgt, als sie ihr gelbes Auto in Richtung der Kleinstadt jagte, in der Annie jetzt lebte.

Mira kauerte im Garten, vor einem Raum auf der Rückseite von Annies Haus, in dem Annie sich mit zwanzig Leuten versammelt hatte, die auf dem Fußboden und auf Stühlen saßen, als wären sie bei einer Gruppentherapie oder einem Gewerkschaftstreffen. Mira sah nur Annies Hinterkopf.

Vielleicht war der Raum früher als Treibhaus genutzt worden; er bestand nur aus Fenstern, selbst das spitze Dach war aus Eisenstreben und Glas. Drinnen standen drei Statuen, jede so groß wie ein aufgeschossenes, schlankes Kind: eine von einem Fisch, eine von einem Vogel und eine von einem Bären. Sie waren aus blaugrauem, schwarz geädertem Marmor gehauen.

Mira versteckte sich dort, die Füße verhakt im Gestrüpp von Zweigen und Efeu, in das sie getreten war. Annie sprach mit der Gruppe, die still zu ihr aufblickte. Die Leute saßen auf Kissen, auf dem Boden oder auf entlang der Wand aufgereihten Korbstühlen; manchmal ergriff einer von ihnen das Wort, manchmal mehrere, aber meist hörten sie Annie nur zu. Mira beobachtete das Treffen leise, bis es zu Ende war und die Bewohner des Städtchens durch den Flur in Richtung Haustür strebten. Nachdem Annie als Letzte den Raum verlassen hatte, befreite Mira sich aus dem Gestrüpp, fluchend, weil sie sich an einer Ranke den Daumen aufgerissen hatte.

Als sie ums Haus nach vorne ging, spähte sie in eine Reihe von seitlichen Fenstern. Annies Haus war hübsch. Das Licht strahlte von überallher hinein, viele Pflanzen und Holzböden, farbige Zierkissen und Webteppiche. Es war schön und überhaupt nicht Annie-like. Die Leute aus dem Städtchen mussten so dankbar für ihre Hilfe gewesen sein und so an sie geglaubt haben, dass sie ihr dieses elegante Domizil zur Verfügung gestellt und sogar ihren Namen auf einer in den Vorgarten gepflanzten hölzernen Tafel verewigt hatten.

~

Als sie an einer offenen Mülltonne vorbeikam, schaute sie hinein. Gegen den Rand einer durchsichtigen Plastiktüte zeichneten sich ein paar Fläschchen Koffeintabletten ab. Mira wusste, was das bedeutete. Die Leute klagten über Müdigkeit und Abgespanntheit, merkten aber nicht, dass ihnen die gegeben wurden, damit sie nicht so viel unternahmen. Solche Leute schimpften über ihre Erschöpfung – und gerade die entschlossenen Problemlöser. Um ihnen Einhalt zu gebieten, machten die Götter sie müde. Den Ermattetsten werden die größten Steine in den Weg gelegt. Sie sind am gefährlichsten und würden die Welt ändern, wenn sie könnten. Wir erkennen die Leute, die für die Götter bedrohlich sind, am Grad ihrer ständigen Erschöpfung. Wer nicht so viele Probleme löst, wird mit geringerer Erschöpfung geschlagen. Wenn du ständig müde bist, weißt du, dass die Götter dich für gefährlich halten.

Als Annie ihr an diesem Abend die Tür öffnete, fand Mira, dass sie ganz anders aussah als in all den Jahren zuvor. Sie trug eine Art Geschäftskleidung in der Farbe faulenden Fischs, ihre Gesichtshaut war schuppig und trocken, und ihre braunen Augen waren noch dunkler geworden, wie schwarz und goldgefleckter Stein.

Mira stand auf der Türschwelle, so hingezogen zu ihr wie eh und je. Annie bat sie herein, sie setzten sich an den Küchentisch, und Annie servierte ihr Tee, der so stark war, dass sie ihn nicht trinken konnte.

~

Mira begann, Annie zu erzählen, was sie gelernt hatte: dass wir den Familientraditionen treu sein und die Aufräumer fernhalten müssen, damit die Menschen den Traditionen folgen. Dass die Familie ein den Menschen gegebenes Gerüst ist, so alt wie ein Baum, während die Aufräumer wie skrupellose Gärtner sind, die einem den Ast absägen.

Annie hörte höflich zu, mit einem Gesicht wie kalter Marmor. Dann sagte sie Mira, sie liege da völlig falsch: Mira hätte die Weisheit des Universums unmöglich erkennen können, wenn sie dabei mit ihrem Vater in einem Blatt gewohnt hätte. Es wäre dann die Weisheit *ihres Vaters* gewesen, oder die durch ihren Vater gefilterte Weisheit des Universums, und nicht zu vergessen, ihr Vater sei ein Bär gewesen. *Ich glaube, du verwechselst das Wort «Familie» mit dem Wort «familiär». Wir sind in die Welt gesetzt worden, um das Familiäre zu finden, das in der Familie liegen mag oder auch nicht. Um das Familiäre müssen wir uns kümmern – aber mit Vorsicht, nicht vertrauensselig.*

Das zu hören verursachte Mira Beklemmungen. Annie hätte keine deutlicheren Worte finden können. Annie, der Fisch, fand jedermann familiär – und niemanden mehr oder weniger als andere. Für Annie war Mira einfach wie sonst jemand, der sie zu Hause besuchen kam. Und doch hatte Annie von Beginn an einzigartig familiäre Bande zu ihr geknüpft, die sich besonders anfühlten. Illuminiert von einer besonderen Schönheit, zeichnete sie sich vor anderen aus. Aber wie konnte Mira ihr das klarmachen?

In der Hoffnung und Absicht, Annie zu rühren, sagte sie: *Ich will dir doch nur helfen, weil ich dich als Teil meiner Familie betrachte.* Tastend streckte sie die Hand über den Tisch.

Doch anstatt zu seufzen oder zu weinen, legte Annie die Stirn in Falten. *Die Leute sollten sich um andere kümmern, weil sie ein familiäres Verhältnis zu ihnen pflegen – denn sie sind auch Menschen –, nicht weil sie Teil der Familie sind.*

Mira wurde still. Vielleicht hatte Annie recht. Sie hatte geglaubt, sie liebe ihren Vater, weil er Teil ihrer Familie war. Aber so dachten Bären! Sie glaubte nicht, ihn geliebt zu haben, weil er ein Mensch war. Vielleicht hatte sie ihn geliebt, weil sie seinen Geist schön fand? Sie durfte sich nicht ablenken lassen.

Ich glaube immer noch, dass es falsch ist, ein Aufräumer zu werden, sagte sie.

Das behauptest ausgerechnet du! – Du, die noch nie irgendein Problem gelöst hat!

~

So, und zusehends schwerfälliger, redeten sie weiter bis Mitternacht, als der Vogel in der Kuckucksuhr wie ein Derwisch aus seinem braunen Holztürchen sprang. Da sagte Annie, sie sei müde, obwohl sie nicht so müde aussah, aber vielleicht hatte sie genug von Mira.

Mira ging in der Gewissheit, dass sie den Abend ruiniert hatte. Wie sie nun erkannte, hatte sie eigentlich gewollt, dass Annie ihr ihre Liebe gestand. Der Einfall, Annie vor ihrem Aufräumerdasein zu warnen, war nur ein Vorwand gewesen. Sie hatte sich im Auto selbst belogen, deshalb war sie auch Annie gegenüber nicht ehrlich gewesen, und deshalb war das ganze Gespräch falsch gelaufen. Der ganze Abend ein einziger Fehler.

Mira hatte einen so großen Teil ihrer zweiten Lebenshälfte mit Nachdenken über Menschen aus der ersten verbracht – ihren Vater und Annie –, von denen sie fand, sie hätte sie niemals im Stich lassen dürfen. Und doch war es ihr nicht gelungen, einen der einstmals funkelnden Juwelen durch die Zeit zu retten. Aber sie konnte nicht aufhören, über sie nachzudenken! Wozu waren die mittleren Lebensjahre mit ihrer Trägheit und ihrer besonderen Perspektive denn *da*, wenn nicht dazu, dass man die gleißenden Edelsteine der Vergangenheit sammelte und sich damit umgab? Sie erkannte so deutlich, was die wertvollsten Juwelen gewesen waren! Sie funkelten hell vor der dunklen Nacht ihrer Lebensgeschichte, das war nicht zu leugnen.

~

Wenn Mira in einer Million heißer Jahre auf die Erde zurückkehrte, würde sie daran denken müssen, die Juwelen aus ihrer ersten Lebenshälfte zu behalten, damit sie nicht in der zweiten auf die Suche danach zu gehen brauchte.

Doch war dies ein Versprechen, an das man sich erinnern sollte, oder eines zum Vergessen? Denn niemals würde ein Mensch in der zweiten Lebenshälfte so für dich funkeln, wie er es in der ersten getan hatte. Sobald die beobachtenden Götter einen Menschen verlassen haben, kehren sie niemals zu ihm zurück, um weiter durch ihn zu beobachten, wen sie vorher beobachtet haben. Und ebendiese Beobachtung erzeugt das Funkeln, die Bedeutsamkeit, die geistige Prägung. Zusammen zu sein wäre nicht dasselbe, gäbe es nicht diese aufmerksamen kleinen Götter, die Informationen für die nächste Version der Welt sammeln.

Als Mira und Annie sich in der zweiten Lebenshälfte wiedertrafen, wurden die zusammen verbrachten Stunden nicht als Material für den Bau einer künftigen Welt gesammelt. Zwei Leute hingen einfach zusammen ab – das war auf seine Weise auch in Ordnung.

Als Mira in den frühen Morgenstunden zu ihrem gemieteten Bungalow zurückkam, stellte sie fest, dass es aus dem Dach rauchte. Auch orangefarbene Flammen zuckten heraus, und die Feuerwehr war da. Nachbarn standen auf der Straße, und die blau-roten Lichter eines Streifenwagens rotierten und rotierten. Einer der Feuerwehrleute fragte Mira, bevor er hineinging, ob sie etwas gerettet haben wollte. Miras Verstand setzte aus. Was *besaß* sie überhaupt? Sie sagte: *Ich glaube nicht, dass da irgendwas ist.* Also ging der Feuerwehrmann ins Haus.

Als die Feuerwehr wieder herauskam, trat der Mann, der sie vorher angesprochen hatte, auf sie zu und erklärte ihr, dass die Böden nun nass seien: Teer, mechanische Belastung und Verschleiß hätten im Dach zu einem Kurzschluss geführt, und jetzt stinke alles nach Rauch: Kleider, Lebensmittel, Bettwäsche. Der Mann verwies sie in ein Hotel, sie solle am Morgen wiederkommen. Also ging sie hinein, um ihren Pyjama und ihre Zahnbürste zu holen. Sie streifte durch das dunkle, verrauchte Haus und sah die riesigen schlammigen Gummistiefelabdrücke der Feuerwehrleute. Dann bemerkte sie einen eingedellten Pappkarton. Sie hatte den Karton unausgepackt auf dem Boden stehen lassen. Ein Feuerwehrmann war drauf getreten. Als Mira sich vorbeugte und ihn öffnete, fand sie ihre Leuchte vollkommen zerdrückt. Sie ließ die roten und grünen Steine aus den Fingern gleiten.

Natürlich hätte sie die Leuchte retten wollen! Aber als

man sie danach gefragt hatte, war ihr alles entfallen! Wenn alles andere auch kaputt gewesen wäre, hätte sie das nicht so bestürzt, aber dass ihre Leuchte der einzige Verlust war, machte sie auch zum wichtigsten. Jetzt sehnte sie sich danach, dass sie heil war. Warum hatte sie sie nicht gleich ausgepackt, und das mit äußerster Sorgfalt und Vorsicht? Weil sie, kaum in Annies Städtchen angekommen, sofort zu ihr geeilt war. Wie konnte sie nur so *dumm* gewesen sein? Keinen Gedanken hatte sie auf dieses wertvolle Objekt verschwendet. Wie konnte sie vergessen haben, dass die Leuchte alles andere übertraf?

Vielleicht wird es nicht ganz so schlimm werden, wenn wir zu Beginn der zweiten Version alle zusammen sterben; vielleicht wird die Bestürzung geringer sein. Dass wir hier in der ersten Version des Daseins nacheinander sterben müssen – das begründet den Schmerz und die Sehnsucht. Es begründet auch die Schönheit.

Jetzt schneite es aus dem tintenschwarzen Himmel, und die Luft roch frisch nach Schnee. Der tief stehende Mond verbarg sich hinter ein paar Wolken. Mira stand auf dem Feld neben dem Hotel am Highway, in das sie in der Nacht des Brandes gezogen war. Sie spähte durch den Kunstpelzbesatz ihrer Kapuze hinaus, sah aber nicht viel, weil die Kapuze so groß war und ihr ständig über die Augen fiel. Inzwischen hörte Gott ihre Klagen. *Meine Kapuze ist so groß, sie fällt mir ständig über die Augen.* Und sie hatte zu viel Geld für die Jacke ausgegeben! *Diese Jacke war auch viel zu teuer. Warum schmeiße ich so das Geld raus?* In der nächsten Version des Daseins würde es keine Jacken mehr geben und auch kein Geld. So viele unserer Klagen trafen nur in dieser Version zu, wo Wetter und Schamgefühl so geartet waren, dass man all dies brauchte. In der nächsten Version des Daseins wäre das nicht unbedingt genauso. Doch da wir nicht wussten, was in der nächsten Version anders und was identisch sein würde, sandten wir eben unsere Klagen zu Gott hinauf.

Mira wünschte, die Schönheit der kühlen, dicken Baumwolle, die aus dem Himmel fiel, wahrnehmen zu können und die unter dem schweren, nassen Schnee geneigten Äste. Und sie nahm sie auch wahr, aber nicht so intensiv, weil ihre Kapuze sie behinderte und sie offenbar einen Fehlkauf getätigt hatte. Warum hatte sie nicht auf eine bessere Jacke gewartet? Weil sie es hasste, über Jacken nachzudenken. Weil sie es hasste, einzukaufen. Aber der in diese Version hineingeborene Mensch musste Kleidung tragen. Gott wusste, dass dies allerlei Frust erzeugte, und nun, da er Miras Klagen hörte, wusste er es noch genauer. Mira lief über den Parkplatz zu ihrem Zimmer, wo sie die feuchte Jacke im Schrank aufhängte und ihre Winterstiefel an der Tür auszog. Dann trat sie in matschigen Schnee, und nun waren ihre Socken von unten nass. Jetzt klagte sie über ihre Socken! Warum war sie hier? Warum *existierte* sie? Um sich beim Schöpfer über *Socken* zu beklagen? Warum hatte Gott diese Version nicht längst zerstört und mit einer neuen angefangen? Was wollte er denn *noch* hören?

Mira lag im Bett, während sie über ihr Gespräch mit Annie und all die Szenen in ihrer Jugend nachdachte – daran, wie sie in Annies Wohnung auf dem Fußboden gesessen hatten, die Erdnusssuppe, ihren Kuss auf der Straße. Sie sah sie dort, zwei Mädchen tief unter sich – so als wäre sie selbst in dem Moment, als sie das erlebte, oben im Himmel gewesen, auf Distanz. Warum, fragte sie sich, erinnerte sie sich, wenn sie sich der Vergangenheit zuwandte, nie so an die Ereignisse, wie sie sie mit eigenen Augen gesehen hatte, sondern von einer höheren, weiter zurückliegenden Warte aus – hinter ihrem Körper, hoch über ihrem Kopf, einem in der Luft schwebenden Ausguck, zu dem man unmöglich gelangen konnte. Der vielleicht entscheidende Blick auf ihr Leben war niemals ihr eigener gewesen.

Dass Gottes Standpunkt und nicht der menschliche am wichtigsten sein sollte, ärgerte Mira. War es nicht grausam, fühlende Wesen nur deshalb zu erschaffen, damit sie ihm hier in der ersten Version des Daseins nützlich sein konnten? Auch in der nächsten Version werden wir ihm noch nützlich sein, als dankbares Publikum seiner schönen Show. Und ist es überhaupt *möglich*, Wesen zu erschaffen, die nur sich selbst nützen, oder würde, wenn du sie erschaffen hast, dein Eigennutz stets ihre Freiheit beschneiden?

Mira hatte nie gewollt, was Gott, oder ihr Vater, am dringendsten von ihr gewollt hatten, und das hatte ihr große Schmerzen zugefügt. Sie war unfähig gewesen, die herzliche Liebe eines Bären zu erwidern. Und sie hasste das Dasein als Kritikerin. Sie wollte nur weiter das Glück, die Dankbarkeit und die Schönheit empfinden, die sie verspürt hatte, als der Geist ihres Vaters in sie eingegangen war. Doch selbst dieses Empfinden – dieses Verlangen nach Korrekturen – entsprach dem Wunsch und Begehr einer Kritikerin.

~

Wie kann jemand seinem Gott, ebendem Gott, der ihn erschaffen hat, nicht gehorchen? Und was geschieht, wenn du ihm nicht gehorchst? Wahrscheinlich wird Gott dich erschlagen. Aber was geschieht, wenn dein Gott vor dir stirbt? Darfst du ihm *dann* nicht gehorchen? Kann man es überhaupt Ungehorsam nennen, wenn es keinen mehr gibt, der eine Vorstellung davon hat, was es für dich bedeutet, ungehorsam zu sein? Warum Ungehorsam die einzige Wahl im Leben gewesen zu sein schien?

Sie machte sich jede Scham zu eigen. Schlüpfte ins Kostüm eines Blattes. Schmückte sich nicht mit Perlen und Satin. Ein Blatt hüllt sich nur in Schnee und Regen. Sie gab keine Meinung zu irgendetwas ab. Sie unternahm nichts und blieb an Ort und Stelle wie ein Blatt, und wenn sie starb, würde sie zu Boden fallen. Ein Blatt bleibt an dem Zweig, der es ausgetrieben hat, es ändert nicht die Welt. Sie würde nicht losgehen und sie kritisieren oder aufräumen. Wenn man sie wegen ihrer Kostümierung verspottete, würde sie sich nicht bemühen, die Spötter zu korrigieren. Sie fand nicht, dass jede und jeder ein Blatt sein sollte. Sie fand auch nicht, dass man keines sein sollte. Sie kostümierte sich nicht als Blatt, um gegen andere Lebensweisen zu protestieren. Sie tat es nicht, um als Mensch ihr Bestes zu geben oder auch nur ihr Schlechtestes.

Natürlich war die ganze Idee dämlich! Es gab niemanden, vor dem sie sich hätte rechtfertigen können. Als Blatt musste sie das auch nicht. Blätter kommen nicht vor Gericht. Natürlich würde ihre Kostümierung nichts bewirken, aber wer rechnet schon damit, dass ein Blatt etwas bewirkt? Das Beste, was ein Blatt bewirken kann, ist, die Luft mit ein wenig Sauerstoff anzureichern.

Mira kaufte sich grünen Stoff, grünes Garn und eine silberne Nadel und begann, ihr Kostüm zu nähen. Sie mischte grüne Farbe in ihre Gesichtscreme, dann nähte sie weiter. In der Mitte war das Blatt breit, an den Enden lief es spitz zu, und die kleinen Adern trug sie mit brauner Farbe um den Mittelnerv herum auf. Eine Seite des Kostüms würde sie vorn, die andere hinten tragen, und dazwischen war Platz, damit sie den Kopf durchstecken konnte. Als sie es mit Lumpen polsterte, wurde das Kostüm steif. Sie zog es an und schob die Arme durch die seitlichen Löcher. Dann ging sie los, um sich ein braunes Trikot und schwarze Sneaker zu kaufen, die sie anzog.

Sie würde die Welt nur betrachten, um sie zu lieben – und Gott, ihr Schöpfer, würde sie hassen.

Annie machte Mira die Tür auf und sah sie in ihrem grünen Blattkostüm dort stehen. Die Sonne schien, und der Himmel hinter Mira leuchtete hell. Annie ließ sie ein, bemerkte ihre grünen Hände und sagte sehr schnell: *Bitte fass die Möbel nicht an.* Vielleicht hatte Mira mit ihrer Liebe zu Annie einen Fehler gemacht. Aber sie nicht zu lieben hatte außerhalb ihrer Wahlfreiheit gelegen.

Mira folgte Annie in den hinteren Raum und setzte sich auf den Holzfußboden des Treibhauses, damit sie nicht die Bezüge der hübschen Kissen und Stühle beschmutzte. Dann begann sie zu weinen. Ein paar grüne Tränen liefen ihr über die Wangen und tropften auf das Kostüm. Sie wischte sich über die Augen, die von der grünen Farbe auf ihrer Hand brannten, und der Schmerz trieb noch mehr Wasser hinein. Sie beschloss, gleich am nächsten Tag loszugehen und sich grüne Handschuhe zu kaufen, statt sich die Hände anzumalen.

So würdest du bei deinen wichtigen Partys bestimmt nicht mit mir gesehen werden wollen?

Natürlich nicht, Mira.

Mira bekam Herzrasen. Sie hatte es immer gewusst. Sie hatte es vom ersten Tag an gewusst, schon als sie sich in Annies Wohnung kennenlernten, aber sie hatte es stets ignoriert. Annie war nicht dazu geschaffen, sie zu lieben. Jetzt fiel es Mira schwer, sich vom Boden aufzuraffen, weil sie mit den Händen keine Flecken darauf hinterlassen wollte. Dann war sie ein kniendes Blatt. Schließlich kam sie in ihrem oberpeinlichen Kostüm auf die Beine.

Konnte Annie Mira als Blatt ertragen? Natürlich nicht. Mira hatte weder Verstand noch Urteilskraft. Hatte sie niemals gehabt. Sie war eben nur ein dummes Vögelchen, nichts als Instinkt und Fluchtreflex. Annie brachte sie zur Tür, machte sie auf und blieb auf der Schwelle stehen, als Mira hinausging. Mira liebte Annie immer noch, und sie liebte die Welt – sogar mehr, als es sinnvoll war. Sie wollte gar nichts daran aussetzen.

Annie rief ihr nach: *Du solltest dir mal was anderes ausdenken.*

Meint sie jetzt: für mich selbst oder dass ich das Blattkostüm aus- und meine Kleider wieder anziehen soll?

~

Gesenkten Blickes ging Mira davon. Sie hätte wissen müssen, dass Annie ihr ihre Liebe entziehen würde. Das geschieht beim Aufräumen immer. Sie hätte wissen müssen, dass ihr der Vater entzogen würde. Alles, wovon du dich abhängig machst, wird dir entzogen werden, denn wenn die Götter zu dir kommen, um dich zu entblößen, wollen sie dir gar nichts lassen.

Nun, da sie der lang gehegten Hoffnung beraubt war, eines Tages etwas Gutes und Dauerhaftes mit ihr zu erleben, zog Mira fort aus Annies Stadt. Eine Weile trug sie noch ihr Blattkostüm. Niemand schien es zu mögen, aber keiner sagte ihr das ins Gesicht. Sie trug es, bis es zu schmutzig wurde, dann merkte sie, dass sie nicht wusste, wie sie es reinigen sollte. Also hängte sie es weg.

ACHT

Eines kühlen, bewölkten Nachmittags kehrte Mira an den See zurück, zu dem sie nach dem Tod ihres Vaters gegangen war. Während sie dort herumspazierte, sah sie im Sand eine Muschel, die sie anzusprechen schien. Ihre Schale war knubblig und graugrün wie der Panzer einer uralten Schildkröte, die eine Million heißer Jahre untergetaucht geschwommen war und sich dann ans Ufer geschleppt hatte.

Sie hob sie auf, und die Muschel schien sie anzusprechen; sie sagte: *Du hast noch so viel Leben vor dir, und die Jahre werden dich weit von dieser Zeit entfernen, in der du dich so schlecht fühlst, die Zeit wird all das verwachsen lassen, so viel mehr wird dir zustoßen, und obwohl die Gegenwart alles ist, was du jetzt hast, wird sie eines Tages weit in der Vergangenheit zurückliegen, wie in einer anderen Epoche, wie alles, über das ich als alte Muschel hinausgewachsen bin. An meine Jugend und daran, was ich getan habe, als ich noch neu war und glänzte, erinnere ich mich nicht – dachtest du das etwa? –, jetzt bin ich eine alte Muschel, wie auch du irgendwann eine sein wirst, deshalb nimm mich als Erinnerung daran mit, dass dieser gegenwärtige Moment eines Tages verschwunden und seine Mühsal unter soundso vielen Lebensschichten begraben sein wird.*

Mira steckte die sprechende Muschel ein. Dann kehrte sie nach Hause zurück und legte sie dort zu ihrem Schmuck und ihrem Make-up auf das Schminktischchen.

~

Jedes Mal wenn sie die Muschel später betrachtete, fühlte sie sich dahingehend beruhigt, dass nur ihre Phantasie und ihr Bestreben, gehorsam zu sein, an diesen überdimensionierten Reuegefühlen schuld waren, die ihrem Glauben entsprangen, die Dinge könnten besser sein, als sie waren – so als hätte sie nur dabei Fehler gemacht, als es ihr nicht gelang, ihre Liebe zu Annie zu irgendeinem schönen Abschluss zu bringen oder angemessene Distanz zu ihrem Vater zu halten; so als wäre nicht das ganze Leben ein einziges, fortdauerndes Versagen vor den vielen Aufgaben, die Gott und andere und sogar wir selbst uns gestellt haben.

Wie hatte sie sich einbilden können, sie hätte die Welt und alles darauf selbst erschaffen, hätte ihre Regeln festgelegt und sei deshalb an allem schuld. Woher hatte sie das nur? Oder fühlte sich jede und jeder ein bisschen so, weil es eigentlich Gott war, dem es so ging – jener Gott, der die Welt *tatsächlich* erschaffen hatte, während wir seine Scham darüber, etwas zu Dürftiges erschaffen zu haben, irgendwie zu unserer machten und irrtümlich seine Verantwortung dafür übernahmen?

Deshalb brauchte sie diese hässliche alte Muschel; sie entsprach in Form und Gestalt ihrem Inneren. Sie gemahnte an die menschliche Identität und Existenz: daran, dass sie keine schöne, stets bruchgefährdete Glasleuchte war oder ein hübscher Goldring mit einer Kerbe darin, sondern eine angeschlagene alte Muschel, in Millionen von Jahren geformt und für die Ewigkeit geschaffen.

Dann ging Mira ihrem Tagwerk nach, kaufte Birnen im Gemüseladen und stellte die Butter in einer gläsernen Dose auf den Tisch, damit sie weich war, wenn sie sich einen Toast schmieren wollte. Und im Winter, oder im verregneten Wald, lief sie steile Hänge mit seitlich gestellten Füßen hinunter, wie ihr Vater es sie gelehrt hatte.

NEUN

Noch einmal begegneten sich Annie und Mira, aber diesmal anders. Diesmal war es Mira, die starb, und Annie war mit allen Utensilien gekommen, nicht nur in Miras Haus, sondern in die vieler Leidender. Sie war überrascht, Mira auf dem Fußboden vorzufinden, nicht weil da eine Frau auf dem Fußboden lag oder es in den Laken zu heiß fand, sondern weil es Mira war.

Manchmal haben die Waisen, die Fische – losgeschickt, um allein die Gewässer der Welt zu durchschwimmen –, den besten Überblick. Sie haben keine Eltern, die ihnen die Sicht verstellen, und wenn sie sich nicht fürchten, die Augen aufzumachen, wirkt beim Schwimmen unter Wasser alles unglaublich klar.

Annie schloss Mira in die Arme, und Mira erkannte sie. Annie hob sie zurück ins Bett und setzte sich auf den Rand. Sie sagte ihre anderen Termine ab. Andere Menschen konnten ihre Aufgaben für eine Weile übernehmen. Im vergangenen Jahr hatte Annie gelernt, wie es aussah, wenn das Ende nahte. Das Haar lag Mira feucht im Gesicht, und sie bekam nicht so leicht die Augen auf, aber immerhin brachte sie ein Lächeln zustande, und die unerschrockene Annie bettete ihren Kopf in ihre Arme.

Mira war so froh, dass es ihr gelungen war, Annie zu sich zu locken. Das mochte bedeuten, dass Annie sie doch geliebt hatte, selbst wenn sie es nicht wusste, denn sie war vielleicht kein Mensch, der derlei wissen konnte.

Mira fiel es schwer zu sprechen, aber es nicht zu tun

fühlte sich sowieso besser an; einfach mit Annie im Bett zu liegen und einander zu berühren – hatte sie nicht genau das immer gewollt? Und hier lag sie nun und bekam es. Das Leben spielte immer seine Streiche, es gab oder nahm nicht einfach, sondern tat stets beides. So auch in dieser Lage wieder, während die Seele durch alle Zellen ihres Körpers aus Mira entfloh.

Das Licht im Zimmer war gedämpft, und als es dunkel wurde, kam ein letzter Streifen Dunkelblau durchs Fenster. Für Mira mochte dieses tiefe Blau zwanzig, ja dreißig Jahre angehalten haben. Ihr ganzes Leben lag in diesem Bett und ihr Kopf in Annies Armen. Wer weiß, wie all dies Annie vorkam? Was bedeutet diese Welt für einen Fisch?

Im Moment, als das Leben Mira verließ, geschah etwas mit der Seele ihres Vaters, sie wurde wiedererweckt zu dem, was er im Moment seines eigenen Todes erfahren hatte: dass alles auf dieser Erde vergeben wird. Er war kein schlechter Vater und sie kein schlechtes Kind, und zwischen zwei Menschen, die einander so liebten wie sie, konnte es keine Schlechtigkeit geben. Sie hatten einander geliebt, und deshalb war alles vergeben, denn diese Version der Welt ist kein segensreicher Ort, an dem alles gut enden muss. Das Leben zu überstehen reicht, und das hatten sie getan. Sie überstanden ihr ganzes Leben bis zum Tod. Und die letzten Momente sind die wahren Momente, und sie sind die wahrsten von allen.

Und mehr brauchten sie nicht – *gute Nacht, weit musst du reisen. Lass dich nicht von den Wanzen beißen. Und wenn doch, dann kneif in sie ein Loch.* Was sind Wanzen? Bloß kleine Viecher, die in Matratzen leben. Sind die echt? Ja, aber keine Sorge, ich glaube nicht, dass wir hier Wanzen haben. Ist noch Zeit für eine zweite Geschichte? Nein, mein Liebling, schlaf jetzt. Ein Glas Wasser? Hier, bitte. Erzählst du mir mal eine über einen Vogel, der Mira hieß und eine Freundin hatte, die ein schöner Fisch war, und du kommst in der Geschichte als Bär vor, und alle bleiben für immer zusammen? Klar, morgen Abend. Gut, ich liebe dich. Ich dich auch. Ich liebe dich! Schlaf jetzt. Ich liebe dich! Ich dich auch. Ich liebe dich! Und könntest du bitte die Tür ein kleines bisschen offen lassen?

Hey, wohin gehst du? Nirgendwohin, keine Sorge, ich bin hier unten.

Weitere Titel

Mutterschaft

Wie sollten wir sein?

Die Rowohlt Verlage haben sich zu einer nachhaltigen
Buchproduktion verpflichtet. Gemeinsam mit unseren Partnern
und Lieferanten setzen wir uns für eine klimaneutrale
Buchproduktion ein, die den Erwerb von Klimazertifikaten
zur Kompensation des CO_2-Ausstoßes einschließt.
www.klimaneutralerverlag.de

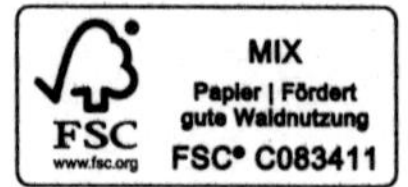